Über dieses Buch »Da sitzen wir nun, eine Gemeinde von Ratlosen, die versucht, dem Herrn auf dem Podium die Verantwortung aufzuhalsen.« Mit diesen Worten beginnt Jutta Strippel ihren ersten Roman, die Geschichte einer jungen Studienrätin für Deutsch und Latein.

Die prägenden Erfahrungen der Studentenzeit, die antiautoritäre Phase und die eigenen Examensängste liegen hinter ihr. Heute steht sie selbst auf der anderen Seite. Und sie nimmt ihren Beruf ernst. Sie möchte ihre Schüler motivieren, Begeisterungsfähigkeit wecken und bereitet ihren Unterricht sorgfältig vor. Doch in der Praxis läuft dann immer alles ganz anders. Der Versuch, Gregor und den anderen Schülern ihrer 10. Klasse am Beispiel von Paul Zechs Villon-Gedicht »Ich bin so wild nach deinem Erdbeermund« den Unterschied von Liebeslyrik und Gossensprache in der Darstellung von Sinnlichkeit und Sexualität zu vermitteln, endet in purer Peinlichkeit. Im Lehrerzimmer gibt es Konflikte mit älteren Kollegen, zu Hause das Gefühl, von Freund Christian nicht verstanden zu werden. Für Christian, der Pädagogik nur theoretisch betreibt, ist die Diskrepanz zwischen Theorie und Praxis, zwischen Rationalität und Emotionalität, unter der seine Freundin leidet, unverständlich und ihr Scheitern im Unterricht eine voraussehbare Folge ihres emotionalen Engagements.

Doch Christians Unbeirrbarkeit ist ihr verdächtig. Nach einem langen Wochenende mit einer flüchtigen Beziehung zu einem Kollegen, dem Besuch bei einer Freundin und Erinnerungen an Jonas, ihre erste große Liebe – Jonas, der ausgestiegen ist, weil er sich nicht anpassen wollte –, ist sie entschlossen, konsequent ihren eigenen Weg zu gehen, und bittet Christian, aus der gemeinsamen Wohnung auszuziehen. Mag auch Kreide schließlich die Haut austrocknen, ihre Emotionalität und Sensibilität möchte sie trotz Berufsroutine und trotz gelegentlicher Mißerfolge bewahren.

Selbstkritisch, differenziert und amüsant zugleich erzählt Jutta Strippel in ihrem ersten Roman über die Situation engagierter junger Lehrer und ihre spezifischen Konflikte mit sich selbst und einer neuen Schülergeneration.

Die Autorin Jutta Strippel, geboren 1944, studierte nach einer abenteuerlichen Schulbiographie Germanistik und Latein, promovierte und wurde Referendarin. Seit 1976 arbeitet sie als Heimerzieherin und Lehrerin an der privaten Odenwaldschule in Heppenheim a. d. Bergstraße.

Jutta Strippel

Kreide trocknet die Haut aus

Roman

Fischer Taschenbuch Verlag

Originalausgabe
Fischer Taschenbuch 3733
September 1982
Fischer Taschenbuch Verlag GmbH, Frankfurt am Main

Umschlagentwurf: Susanne Berner
Gesamtherstellung: Hanseatische Druckanstalt GmbH, Hamburg
Printed in Germany
680-ISBN-3-596-23733-5

Paul Zech verschenkte sein schönstes Gedicht an Villon.
Ob er es Klaus Kinski geschenkt hätte, wage ich zu bezweifeln.

1

Da sitzen wir nun, eine Gemeinde von Ratlosen, die versucht, dem Herrn auf dem Podium die Verantwortung aufzuhalsen.
»Jugendliche Gewalttätigkeit, meine Damen und Herren, ist Ausdruck des Konfliktes dieser Jugendlichen mit der Gesellschaft.« Dieser adrette Mensch, der sich solche Mühe gibt, überzeugend zu wirken, ist jedenfalls nie dabeigewesen. Ich beschließe, von ihm nichts zu lernen. Nach seinen Schilderungen wacht in jedem meiner Schüler ein Rocker, der ihm von innen den Mund zuhält, wenn ich nach lateinischen Versen frage. Vielleicht hätte Gregor heute morgen seinen Rocker gewaltsam ausatmen müssen. Er hatte keine Chance. Ich spielte mit ihm das Hornissenspiel. Warum hätte ich ihn sonst aufgerufen?
»Gregor, bitte übersetz die zweite Strophe!« Ich stand aufmerksam hinter meinem Tisch, vermutete, daß Gregor nicht vorbereitet sei. Er fuhr zusammen, zog den Kopf zwischen die Schultern, ich wollte ihm nichts ersparen. Vornübergebeugt schwieg er in sein Buch. Ich wartete, schaute in den sonnigen Herbsttag. Gregor gelang es nicht, unsichtbar zu werden. Ich legte den Finger auf die betreffende Zeile seines Textes. Unruhig stellte er einen Fuß auf den anderen, wechselte in der Bewegung, sein übriger Körper schien völlig erstarrt. Schließlich kippelte er ein wenig nach hinten, fuhr mit der einen Hand unter die Bank und zerrte an einem aufgeschlagenen Buch. Ich lächelte. »Das hast du nicht nötig«, sagte ich, »du kannst das, du mußt nur ein wenig denken.« Er gab dem Buch einen Stoß, es rutschte zurück. Dabei fiel das Heft zu Boden. Sehr bunt rasten Hornissenmänner über Sandbahnen und Betonpisten. Da legte sich der Professor in die Kurve, lautlos, mit schwerer Maschine. Da erstach sich der Student aus dem Proseminar, gezielt, nachts in der Unterführung, direkt ins Herz. Im Seminar saß er ge-

wöhnlich links neben mir. Rothaarig, blaß, übermüdet von seinem Nachtwächterjob. Nur einmal haben wir miteinander geredet, um uns zu erklären, daß wir uns nicht helfen können. Mein Name fiel. Die Angst wurde konkret. Ich war dran. Er stand neben mir. Ein väterliches Lächeln um den Mund, spähte er beiläufig meine Zettel und Bücher aus. Die Übersetzung lag unter systematisch unordentlich verstreuten Papieren. Die Kommilitonin rechts verströmte erleichterten Schweißgeruch. Sie war nicht Opfer. Seine Hüfte wiegte sich in meinem Augenwinkel, übertrug sich auf mein Denken. »Ach, wenn dich, die Hälfte meiner selbst, ein allzu frühes Geschick hinwegnimmt, was soll ich, die andere Hälfte, dann noch hier? Wäre ich mir doch weit weniger wert und nur als Torso noch vorhanden!« Die Hüfte entfernte sich, ich atmete durch, schaute unsicher auf, wartete, wartete noch immer. Ich hatte die Übersetzung auswendig gelernt. Da kam die erste Frage zur Metrik. Ich stotterte, redete, hatte das Richtige getroffen, redete schneller, weiter, nahm Fragen vorweg, dachte mir neue Antworten, meine Lippen in unaufhaltsamer Bewegung leerte sich mein Kopf, Worte überstürzten sich, waren nicht meine. Ich hörte mir erschreckt zu, verstand von dem allen gar nichts, die Geschwindigkeit der Erläuterungen verblüffte mich, mir lief der Schweiß, mein Atem überschlug sich, die Luft wurde zuviel, endlich der Husten. Ich gab mich ihm hin, hielt mich an ihm fest. Die Wörter zerfetzten sich selbst.
Dann stand ich am Fenster, schaute in die tote Landschaft der betonierten Wissenschaft, nahm eine Zigarette, rauchte und auf der Straße dröhnte eine schwere Maschine.

Gregor schwieg. Ein wenig Sonne spielte in seinen Haaren. Rötlich blonder Glanz, weich, leuchtend, zärtlich. Schließlich wandte ich mich zur Tafel, schrieb den Satz an, zerlegte ihn in seine Bestandteile, hantierte mit meiner Überlegenheit. Ich hatte gewonnen. Gregor konnte seine Angst nicht zurücknehmen. Latein ist verläßlich.

Der Herr auf dem Podium hat eine vorwurfsvolle Haltung angenommen. Nach wie vor doziert er mit Gleichmaß,

doch ist das moralische Tremolo nicht zu überhören. Sein bedeutsames Aufblicken unterstreicht er mit rhythmischem Zusammenklopfen seiner Papiere und schließt: »Ursache für das Verhalten dieser Jugendlichen, das sei noch einmal betont, ist die Kluft zwischen dem tatsächlichen Verhalten und den moralischen Normen, die wir proklamieren. Ich danke Ihnen.«
Die Stühle sind gut verankert. Das Aufstehen verursacht das scharrende Geräusch eingeschlafener und wenig durchbluteter Füße. Die Gesichter der Menschen um mich herum spiegeln zwar nicht den ratlosen Ausdruck derer, die eine Kirche verlassen, aber irgendwie leer wirken auch sie. Ich ziele auf den Ausgang und stoße auf Liesa, die mir mit lebhaften Gesten Alternativen zur Jugendverelendung entgegensprudelt. Ich stelle mich innerlich darauf ein, ab morgen in einer Schule für Rocker unterrichten zu müssen. Motorräder werden durch die Klasse donnern, Ketten aufs Pult geschleudert werden, Messer die Kreide ersetzen. Liesa wird dem standhalten, sich der Einsamkeit junger Menschen ausliefern und eine Seele nach der anderen aus dem gesellschaftlichen Abgrund reißen. Ich mag sie wegen ihrer Spontaneität und ihrer so wenig überzeugenden Phantasie. Wir verlassen zusammen das Zentrum, stehen noch ein Weilchen im Regen und überlegen, ob ein Bier der inneren Traurigkeit entgegenwirken könnte. Ich habe keine Lust. Ich will allein durch die Stadt bummeln und mich auf meine vier Wände freuen. Christian wird schon zu Hause sein. Wir haben einen gemütlichen Abend vor uns.

Ich nehme den kürzeren Weg über die Brücke. Überlegt lasse ich mich auf die Treppe ein. Spätestens im oberen Drittel werde ich mir wieder felsenfest vornehmen, das Rauchen aufzugeben, mit dem Ergebnis, daß ich die Treppe in den nächsten Wochen vermeide. Immer wenn ich Treppen steige, zähle ich unwillkürlich mit. Den Blick auf die Stufen gerichtet, die Zahlen im Kopf, gelingt es mir selten herauszufinden, auf welcher Höhe ich mich befinde. Dreiundvierzig, also Jazzclub. Die Zweige des Himbeerstrauches halten mein Haar fest, spannen sich, geben nach, schlagen zurück. Also noch nicht einmal die Hälfte. Ich habe offensichtlich die Dreißiger ausgelassen. Das obere Drittel ist ohne Aufblicken identifizierbar. Abgesehen davon, daß das Atmen schwer wird, verändern sich die abgetretenen Stufen zu kantig glatten, im Schritt viel zu hohen Betonflächen. Als hätten die Stadtväter damit der Krebsgefahr ein Mahnmal setzen wollen. Vielleicht hat aber auch ein leidenschaftlicher Bergsteiger diese Höllenleiter zu Trainingszwecken etabliert. Nein, ich werde nicht mehr rauchen. Ich werde statt dessen Kaugummi kauen und dafür sogar vorher zum Zahnarzt gehen. Ich werde in Zukunft einen Kieselstein in der Tasche tragen, um meine Hände zu beschäftigen, und mehrmals in der Woche schwimmen gehen. Nein, ich werde es nicht übertreiben, ich werde schlicht nur aufhören zu rauchen. Schließlich ist das nur genau so eine Willensfrage wie der erste Lungenzug.

Damals hatten sie mich erwischt. Im Winter. Ich hatte der Köchin Makkaroni geklaut. Schließlich war der Schulweg so weit, daß man Proviant brauchte, schon gar, wenn man auf diesem Schulweg allein war. Die Kinder aus den Baracken traf ich erst an der Kreuzung. Fahrradfahren ging noch nicht so gut. Es gab nur ein ziemlich klappriges Herrenrad. Und mit dem Bein unter der Stange durch war keine Haltung, die vielversprechend genug war, um den langen Berg bis zum Laden zu schaffen. Trockne Nudeln zu essen macht einfach Spaß. Erst kracht es ganz fürchterlich im Kopf, dann knirscht es, endlich ist der klebrige Brei zu spüren, dessen Geschmack undefinierbar bleibt. Man kann ihn sammeln. Es braucht ziemlich viele Nudeln, bis der Mund so voll ist, daß man die Gesichter auf dem Kinoplakat mit einem Schuß erledigen kann. Später wird das fest wie Kleister. Es war kalt. Bis zur Kreuzung hatte ich schon eine ziemliche Ladung eingespeichelt. Ich wollte Michael beweisen, daß ich das Kellerfenster von Brüggs am Anfang des Dorfes in Milchglas verwandeln konnte. Mein Atem zog in deutlichen Schleiern rechts und links am letzten Viertel der Nudel vorbei. Als ich bei der Gruppe ankam, machte vor allem Michael ein enttäuschtes

Gesicht. »Och, is ja bloß 'ne Nudel«, meinte er, »wir dachten, du rauchst.« Ich spreizte Zeige- und Mittelfinger der rechten Hand und nahm die Nudel dazwischen. Der Atem verließ mich gezielter, ich zog die Luft tief ein, blies sie bedächtig aus, führte die Nudel zwischen die Lippen, setzte sie ab, aschte neben mich und hüstelte. Michael betrachtete mich spöttisch, dann andächtig.

Wir zogen durchs Dorf, blieben stehen, boten uns Zigaretten an, gaben uns Feuer, gingen weiter bis zur Schulstraße, um auf Udo zu warten, den Sohn des Gendarmen, der nicht mit uns spielen durfte. Michael sah ihn, ließ die Nudel fallen, zertrat sie erschreckt, die anderen stellten sich schützend davor. Udo mußte es sehen. Ich tat noch einen tiefen Zug, warf meine Kippe im hohen Bogen hinter einen Schneehaufen, sagte herablassend »Guten Morgen« und betrat den Schulhof. An diesem Morgen haben wir die restlichen Nudeln nicht mehr geschafft, sie blieben unbeachtet unter der Bank.

Nachmittags besuchte ich Herrn Balster, der das große Zittern hatte seit dem Krieg. Und keine Beine. Er konnte die schönsten Sachen basteln, nur das Zigarettendrehen gelang ihm nicht. Die Hände flatterten immer den Tabak aus dem Papier. Ich machte das für ihn, denn das war Kunst. An diesem Tag betrog ich ihn nicht zum letzten Mal. Ich nahm mir Prozente.

Michael und die Barackenkinder warteten schon, als ich den Abhang hinunterrutschte zu unserem Baum. Heute waren die Russen nicht interessant, die wenige hundert Meter hinter der Zonengrenze mit Gewehren und langen Messern auf uns warteten. Die Russen fingen und fraßen Kinder, sagten die Zöllner, die hier mit Schäferhunden die Grenze für uns bewachten. Ich hatte nicht genug Zigaretten mitgebracht, wir mußten im Kreis rauchen. Und dabei fiel mir ein, wie meine Mutter es durch die Nase tat. Ich probierte es, es brannte und trieb die Tränen nach außen. Michael hielt uns einen Vortrag über Lungenzug. Sein Bruder hatte es ihm erklärt. Keiner traute sich. Aber es war nur eine Frage des Willens. Ich zog, öffnete den Mund, atmete ein und starb. Mein Körper war nur noch innen, hielt still, zog sich zusammen, wurde zu einem kleinen runden Ball, dehnte sich endlich mit ungeheuerlicher Geschwindigkeit nach außen. Ich zerplatzte. Nur meine Haut, meine Knochen blieben stehen und schabten sich aneinander, bis sie sich daran gewöhnt hatten, daß ich hohl war. Seitdem rauche ich.

Noch zwei hohe Schritte, und ich erreiche die Fußgängerzone. Das Kopfsteinpflaster ist glitschig, meine Knie zittern ein wenig. Erstaunlich, wie schnell der Organismus sich regeneriert. Ledertaschen, von Schirmen geschützt, brechen meine Gestalt in der Schaufensterscheibe. Ich wirke sehr breit. Ich versuche, mein Bild zu konturieren. Meine Hüften werden schmaler, meine Beine länger, ich trete aus den Taschen auf mich zu. Hinter mir stürzt ein Reisekoffer zu Boden, zerstört das schlangenlederne Arrangement für die Dame. Eine Handtasche verhakt sich in meinem Hosenaufschlag. Ich brauche dringend einen Hut für diese Begegnung. »Guten Abend«, sage ich zu mir, »lassen Sie sich betrachten. Sehen Sie, Sie sind nicht mein Spiegel, das ist der Vorteil unserer Begegnung. Ich brauche mich nicht auf Ihre Augen zu beschränken, ich sehe Sie ganz nah, oder, wenn ich will, aus einiger Entfernung. Ich habe mir einen Hut angezogen, um Sie nicht zu verwirren. Sie sind keineswegs hübsch. Ihre Haare sind zu kurz. Lassen Sie sie wachsen, das macht Sie weicher um den Mund. Sie sollten öfter so lächeln wie jetzt. Sie werden schön dabei.« Vorsichtig trete ich zurück. Noch ein Stückchen, stehe schon fast hinter mir, hebe den rechten Fuß, den linken und posiere endlich im Gehäuf des streng riechenden Leders, allerdings näher zum Sortiment der Brief- und Dokumentenmappen hin. Von der Straße her schaue ich mich überrascht an. Wie dumm ich aussehen kann. »Entschuldigen Sie«, sage ich zu mir, »nun stehe ich hier drin. Das hat den Vorteil, daß ich nicht naß werde. Ich habe mich bisher nur auf natürliche Weise gesehen. Zwar betrachte ich mich in Spiegeln, aber ich weigere mich, meiner Wahrnehmung zu glauben. Wie Sie wissen, sind Wahrnehmungen stimmungsgebunden.« Ich greife mir einen Schirm, hänge mir eine helle Ledertasche an den Arm und trete mit meinen viel zu großen

Füßen in einen Dekorationspumps. Ich habe das Gefühl, überzeugend zu wirken. Das macht mich fröhlich. Ich lasse der im Regen langsam verfließenden Figur meinen Schal, und denke an den Tee, den ich gleich trinken werde. Es ist nicht mehr weit.

Christian ist noch nicht da. Der Schlüssel wird auf dem Zähler liegen. Unbeleuchtet sehen die Fenster richtig sauber aus, jedenfalls von unten. Es war schon ein sonderbarer Zufall, daß ich ausgerechnet diese Wohnung bekam auf meine Annonce hin. Beim fünften Versuch, obwohl meine Chiffrenummer vielversprechender klang. Eigentlich kam für mich nur das Südviertel in Frage. Eine weitläufige Wohnung mit hohen Räumen und großen Fenstern, die ich nie putzen würde, möglichst Parkettfußboden. Teppiche besaß ich ohnehin nicht. Ich wollte mit Filzpantoffeln für Reinlichkeit sorgen. Filzpantoffeln fegen und bohnern zugleich. Man braucht dann nur einmal die Woche die Wollmäuse aufzusammeln. Das ist eine der produktivsten Arbeiten, die ich kenne. Noch produktiver wird sie, wenn man vorher die nie oder lange nicht gelesenen Bücher aus dem Regal nimmt, sie gewichtig und mit lautem Knall zusammenschlägt, den Kopf schnell aus der Richtung der Staubexplosion zieht und sich gegen das Niesen wappnet. Karl Marx hat mich auf diese Weise den Unterschied zwischen produktiver und unproduktiver Arbeit gelehrt. Wenn ich heute Band 23 entstaube, dann ist das wirkungsvoller als bei Rilke. Denn der gehört zum Lesekanon der Oberstufe. Richtig, falls der Herr Direktor vorbeikommen sollte, muß ich mein Bücherregal noch umsortieren. Marx macht sich nicht so gut direkt neben dem Besuchersessel. Er würde meine Argumentation über die freiheitlich demokratische Sitzordnung im Konferenzraum irritieren. Schließlich und endlich bin ich dankbar, diesen Job zu haben. Das verpflichtet zur Bewahrung des humanistischen Erbes, befähigt die Lehrkraft, deutlich zu machen, daß es eigentlich nur moralisch integre Menschen in der Antike gab. Das mit der Atticusvita war schon ein ziemlicher Fehler. In meinem Unterricht, der die »humanistischen Werte der Antike« zu vermitteln hat, war so laut gelacht worden, daß man es auf dem Gang hören konnte. Dabei bemühten wir uns, den Bildungsgang des Atticus ernst zu nehmen. Als Direktor Helmholtz die Klasse betrat, waren wir bereits mitten in der Diskussion um Kriegsdienstverweigerung. Es war nicht einfach, das Gespräch auf die griechische Bildung zurückzulenken. Aber ich bildete mir ein, es sei gelungen. Seitdem steht ein Gespräch mit der Schulleitung an. Ich hätte es lieber privat. Herr Studiendirektor in meiner Wohnung. Ein freundschaftliches Gespräch. Er schätzt das. Vielleicht bitte ich ihn darum. Ich werde Kaffee kochen und den Cognac rechtzeitig auf die Heizung stellen. Wenn er herausfindet, daß ich die Flasche im Kühlschrank aufbewahre, ist mir das Anhörungsverfahren sicher. Ich bin, wenn ich ehrlich bin, ja auch der Meinung, daß im Lateinunterricht nicht gelacht werden darf. In der Schule darf überhaupt nicht gelacht werden. Jawohl, Herr Direktor, wenn Schüler im Unterricht lachen, halte auch ich das für einen Beweis der Unfähigkeit des Unterrichtenden. Es wäre doch gelacht, wenn wir es nicht fertigbrächten, daß den Schülern das Lachen vergeht.

Irgend jemand in diesem Haus hat schon wieder die Haustür abgeschlossen. Jedesmal ärgere ich mich darüber. Als ich zum erstenmal hier wohnte, gab es noch keine Sprechanlage. Da waren alle froh, wenn sie nicht die Treppe hinunterlaufen mußten, um zu öffnen, abends. Ich habe es mit einem Korb versucht, in den ich den Schlüssel deponierte. Aber der Korb pendelte immer an das Fenster der alten Frau Liebig. Und die mochte meine Besucher nicht. Das Studentenpack hatte in ihren Augen immer den falschen Besuch. Und der kam auch immer zur falschen Zeit. Die alte Frau Liebig ist inzwischen tot. Damals lebte sie in zwei Zimmern und war sehr traurig. Vielleicht war ihre Trauer auch Ärger. Ich habe es nie herausbekommen. Das dritte Zimmer bewohnte sie nicht. Da stand das Bett drin. Einmal als sie krank war und ich für sie Einkäufe machte, hat sie es mir gezeigt. Es war ein schönes großes Messingbett. Sie polierte es täglich. Ihre Freundin war darin gestorben. Es war ihr Bett. Frau Liebig hatte ein schwarzes Tuch darüber gedeckt. Ganz schwarz. An der Wand hing ein Kruzifix. Auch den Nachttisch hatte sie stehen lassen. Das Bett war frisch bezogen, wie immer. Mit dem Bettzeug aus ihrer Aussteuer, die sie nie brauchte. Frau Weinhold von unten hat mir erzählt, die beiden alten Damen hätten sich zuletzt nur noch gestritten. Welche von beiden schließlich zur Polizei gegangen war, wußte auch sie nicht mehr. Damals hatten sie sich in den Studenten von gegenüber verliebt. Der wohnte da, wo jetzt Paula wohnt. Der Student hatte keine Gardinen. Sie haben ihn angezeigt, weil er immer nackt herumgelaufen sei. Erregung öffentlichen Ärgernisses nannten sie das. Und als das Gericht dem Gesuch des Studenten nachkam, eine Augenscheinseinnahme zu machen, stellte sich heraus, daß die beiden Damen nur mit Hilfe eines Stuhles soweit schauen konnten, wie das Ärgernis reichte. Bald danach ist die Freundin von Frau Liebig gestorben.

Paula schaut wie immer interessiert zu. Manchmal habe ich den Eindruck, sie verbringt ihren Feierabend damit, darauf zu warten, bis ich meine Chaotik vor der Haustür zelebriere. Nie finde ich den Schlüssel. Ich stelle die Tasche auf die Schwelle, durchforsche die diversen Parkataschen, öffne den Reißverschluß, krame in der Hose, werde unruhig, klopfe an mir herum, werde hektisch, werfe Hefte und Papiere in meiner Aktentasche durcheinander, was mich mindestens eine Viertelstunde überflüssige Aufräumarbeit kosten wird, und finde schließlich irgendwo zwischen Zigaretten und Feuerzeug, Kreide und Tempotaschentüchern den Schlüssel. Währenddessen bohrt Paulas hinterhältiges Lächeln kleine Löcher in meinen Nacken. Ich beschwichtige meine Wut mit dem Gedanken, ihren Kopf, gleich wenn ich oben bin, in einen unförmigen, verzerrten Ballon zu verwandeln, denn die Butzenscheiben meines Arbeitszimmers verhelfen ihr, wenn ich das will, zu einem Wasserkopf, von dem sie nie etwas erfahren wird. Ich schließe auf, das Treppenhaus ist leer wie immer. Absichtlich. In diesem Haus begegnet man sich nicht. Man wartet hinter der Wohnungstür, bis die Schritte verhallen, um dann erst seinen Mülleimer zu leeren oder zum Einkaufen zu gehen. Die Kommunikation findet über den Hinterhof statt. Eng, mit hellen Steinen unregelmäßig gepflastert, umrahmt von Verschlägen, die an ausgediente Kaninchenställe erinnern, hebt man hier auch Brennholz auf. Nicht alle haben Ölöfen oder Gasheizung wie ich. Im Flur ist das Fahrradabstellen, Betteln und Hausieren verboten. Meist ist es hier so dunkel, daß die Namensschilder nicht dazu kommen, das Standesbewußtsein der Hausbewohner ins richtige Licht zu rücken. Seit Einrichtung der Sprechanlage haben sie ohnehin nur noch musealen Wert. Die Tür zum Keller, bevor man zum Hinterhof gelangt, ist nicht für mich gedacht. Diesen Keller habe ich nie von innen gesehen, er steht mir nicht zu. Ich vermute in ihm geheimnisvolle Gewölbe, in denen noch der Duft von Gewürzen hängt, die reiche Kaufleute hier horteten. Patrizier, die am Fuße des Schloßbergs für die wirtschaftliche Prosperität der Stadt und des Landgrafen sorgten. Es wird unterirdische Gänge geben zum Schloß und den Theologen, die heute dort wohnen. Vielleicht sollte ich ihnen auf diesem Weg einen Besuch abstatten, als Martin Luther verkleidet, wenn sie gerade das Beten üben.

SALVE steht im Fußboden vor der Treppe. Wenn ich auf diesem Wort stehe, fühle ich mich geborgen. Das macht mir Mut für Kaschs Wohnungstür, hinter der Bruno seinen Schatten wirft. Kaschs warten immer aufeinander. Die Fürsorge ist auf die beiden Töchter aufmerksam geworden. Sie treiben es zu oft und zu lange in der Kneipe an der Kaserne. Mehrmals hat man sie aufgegriffen und Frau Kasch fürchtet, daß sie in ein Heim eingewiesen werden. Sie kann sich nicht um die Mädchen kümmern wegen des ständig betrunkenen und arbeitslosen Herrn Kasch. Sie geht in der Uni putzen, tagsüber. Abends bekocht sie die Familie, nachts muß sie herhalten, denn Herrn Kasch überkommt es oft. Eine Zeitlang hatte er es mit der Kioskfrau. Das hat Frau Kasch nicht gut ausgehalten. Monika, eine der beiden Töchter, putzt auch. Sie besucht mich manchmal und erzählt von Georg. Ihr neuer Freund. Sie mag ihn sehr. Georg ist groß und stark, größer und stärker als ihre Brüder. Und er hat ein Motorrad und

oft auch Schlägereien. Aber er trinkt nicht. Höchstens mal samstags. Ich will Georg kennenlernen. Ich habe Monika für Freitag abend zu mir eingeladen. Wir verstehen uns gut. Sie vererbt mir ihre Heftromane, ich korrigiere ihre Aufgaben für die Berufsschule.
Bevor es Georg gab, ging sie abends immer in den Club. Irgendwann hat sie mich überredet mitzukommen. Ich lernte dort die ganze Clique kennen. Mac, Stinnes, Pete und Jess. Wie sie richtig heißen, weiß ich nicht. Nur Mac, der Baron, hieß Körner. Das stand auf seinem Klingelschild, als ich ihn trösten ging an dem Abend, als ihm seine Frau das Kind dagelassen hatte. Er war schrecklich betrunken. Das machte das Reden so schwierig. Schließlich schlief ich mit ihm ein, in seinem Ehebett, das so sehr nach seiner Frau roch, daß ich völlig irritiert um meine Identität kämpfen mußte. Mac hat dann eine Arbeit als Fahrer für einen Verlag angenommen. Nach einem halben Jahr kehrte seine Frau zu ihm zurück. Er hat sie zusammengeschlagen, seinen Job verloren und sich kurze Zeit als Schuhverkäufer versucht. Seitdem ist er mit der Ladenkasse in Frankfurt. Als ich ihn zuletzt sah, hatte er einen jungen Hund.

Im zweiten Stock riecht es ausnehmend gut. Bratkartoffeln, vermutlich mit Rührei. Frau Weinhold kümmert sich um ihre Familie. Ihr Mann arbeitet als Verwalter in irgendeiner Firma, ist zuverlässig und besserwisserisch. Ihm zu begegnen bedeutet kalte Füße und das Gefühl von Krampfadern. Er redet ununterbrochen auf einen ein. Wenn ich nicht mehr auf dem laufenden bin, was das kommunale Tagesgeschehen angeht, begegne ich Herrn Weinhold mit Absicht. Jonas fand mich immer sehr unehrlich. Ich würde mich gar nicht für die Belange der Leute interessieren, ich wollte nur anerkannt, beliebt und wichtig sein. Wenn ich ehrlich wäre und die Leute ernstnähme, müßte ich ihnen viel öfter widersprechen, ihnen weiterhelfen durch konstruktive Kritik, wie er das nannte. Mir macht es Spaß, von den Hausbewohnern gemocht zu werden. Außerdem bin ich neugierig, was hinter diesen Türen, unter meinen Füßen oder neben meinen Wänden passiert. Warum Maja ihre Lehrstelle verlieren soll oder warum Herr Kasch Ärger mit den Behörden hat. Bei der Lehrstelle von Maja bin ich aktiv geworden. Nachdem Frau Weinhold vom Apotheker mit blöden und beleidigenden Worten abgefertigt worden war, mit Sätzen wie: »Ich verstehe ja, daß Sie sich als Mutter für Ihre Tochter einsetzen, aber Sie müssen doch auch mich verstehen. Versetzen Sie sich in meine Lage. Ich habe Ihre Tochter doch nicht erzogen. Das hätten wir uns früher einmal leisten sollen, den Lehrherrn kritisieren, wo gibt's denn so was? Wo kommen wir denn da hin? Wenn jemand seine Arbeit anständig macht, braucht er nicht zu diskutieren!« Ich habe lange mit dem Apotheker verhandelt und mich dabei sehr zusammengenommen. Frau Weinhold hatte Angst, daß meine überhebliche Art das Unheil nur noch größer machen würde. Aber der Apotheker hat mich verstanden. Er wollte nicht, daß wir uns von der Gewerkschaft um den Fall kümmern. Ich habe ihm auch ein bißchen von Weinholds erzählt. Von ihrem guten Ruf, den er ja kannte, sonst hätte er Maja gar nicht erst eingestellt, wie er selbst zugab. Aber Maja hatte zu Hause zu oft Gelegenheit gehabt, ihre Meinung zu äußern, und das tat sie auch bei der Arbeit. Schon gar wenn sie sicher war, im Recht zu sein. Das mit der Unoffenheit und Unzuverlässigkeit mußte der Apotheker zurücknehmen, er hatte kein Beispiel. Wir haben uns geeinigt. Ich versprach ihm, öfter vorbeizuschaun und mich zu erkundigen. Maja war bei dem Gespräch nicht dabei. Abgesehen von der Arbeitszeit wollte er eine offene Gesprächsatmosphäre.

In der Wohnung von Frau Liebig wohnt heute ein verschrobener Bibliotheksrat. Ich bekomme ihn kaum zu Gesicht. Er ist unscheinbar, wie mit einer Staubschicht bedeckt. Manchmal nimmt er meine Post an. Dann drückt er sie mir verlegen, als hätte er etwas Falsches getan, in die Hand und entschuldigt sich für seine Kühnheit. Seine Wohnung liegt neben dem Zähler, meiner Eingangstür gegenüber. Eigentlich müßte er nicht sonderlich gut auf mich zu sprechen sein, denn die Holztreppe, die in meiner

Wohnung nach oben führt, ist abgetreten und alt. Sie knarrt schrecklich. Schon gar, wenn man Holzklepper trägt.
Der Dachboden gehört zu meiner Wohnung. Er ist nur von mir aus über eine Stiege zu erreichen. Ich wollte schon immer eine Tischtennisplatte aufstellen oder ein Atelier daraus machen, für Jonas. Er malte sehr dunkle Bilder. Aber wir konnten uns nicht entschließen, solange die Wohnung nicht endgültig renoviert war. Das geplante Gästezimmer blieb immer Rumpelkammer. Bis zum Schluß. Die einzige Neuerung waren die Schränke. Früher schienen die Leute das Kabuff als Küche benutzt zu haben. Es hingen noch Reste von verschmiertem Wachstuch an der einen Wand. In den Schrägen verliefen schmale Abseiten unter dem Dach entlang. Jonas hatte in der einen seinen Koffer mit Briefen. Das war sein Heiligtum. Jonas warf nicht einen einzigen Brief weg. Er nahm sich sehr ernst.

Die Treppe in meiner Wohnung ist nicht nur ungewöhnlich, sondern auch nützlich. Man kann sich auf ihr niederlassen und mit Leuten reden, die nicht reinkommen wollen. Man kann auch ganz still daraufsitzen, wenn es klingelt und man nicht zu Hause ist. Es war schwierig mit Jonas oder Marie da zu sitzen, ohne zu lachen oder zu husten. Die Treppe geht um die Ecke. Wenn der andere unten öffnet, kann man oben nicht gesehen werden.
Als damals der Dozent höchstpersönlich vorbeikam, um die Terminverschiebung meiner Prüfung mitzuteilen, saß ich voll Valium im schwarzen Kostüm auf der obersten Stufe. Ich hatte noch eine Stunde Zeit und wartete auf das Unmögliche. Der Nebel in meinem Kopf war so dicht, und das einzige, was sich deutlich in meinen Gedanken abzeichnete, waren die Namen der Gefallenen, eingeprägt noch von der letzten Prüfung. Sie hingen haufenweise und feierlich in den Gängen des Gymnasiums. Heinrich Müller, geboren 1867 gefallen 1914, Josef Müller, geboren 1889 gefallen 1916... Der Dozent sollte den Herrn Professor entschuldigen. Ich begriff nur, daß ich die Reihenfolge der gefallenen Helden an diesem Tage nicht mehr zu

überprüfen brauchte, sondern erst einen Tag später um die gleiche Zeit, im gleichen Raum. Dem Dozenten, der da ziemlich atemlos mit Jonas sprach, ging es um seine erste Prüfung. Ich war sein erwähltes Opfer. Und nun durfte er nicht, jedenfalls nicht gleich. Seine enttäuschte Aufregung stolperte die Treppe hoch, erreichte mich nur ungezielt. Jonas saß schon längst neben mir, als meine Wut endlich Gewalt wurde. Ich trampelte auf der begierigen Dozentenaufregung herum mit beiden Füßen. Erst das Klingeln ließ mich einhalten. Jonas beschwichtigte Frau Liebig. Nein, es war nichts passiert, alles sei in Ordnung. Unsere Großmutter sei zu Besuch, die sei manchmal so laut. Aber es sei schon vorbei.

Der Schlüssel liegt auf dem Zähler. Vor der Tür des Bibliotheksrates häufen sich die Zeitungen. Er scheint in Urlaub zu sein. Das Bild von hohen gischtsprühenden Wellen, ihn in karierten Bermudashorts schießt mir nur flüchtig durch den Kopf. Christians Mantel hängt an der Garderobe, als gehöre er da hin. Die Zimmertür links steht ein wenig offen und verströmt den Geruch seines Pfeifentabaks. Warum riechen meine Zigaretten nicht intensiver? Ich werfe meine Jacke auf die Kommode, gehe in die Küche, mache Licht, fühle mich zu Hause. Ich habe heute mittag gespült. Ich finde die Tassen, den Zucker, den Tee. Kein überflüssiger Handgriff, es hat alles seine Ordnung, fällt nicht schwer, beruhigt. Solange das Teewasser kocht, kastele ich mich im Bad ein. Der gemütlichste Ort in dieser Wohnung. Der senkrechte Balken in der Mitte trennt Klo und Badewanne. Das stört bei intensiven Gesprächen, denn wer auf dem Klodeckel sitzt, muß sich für den anderen den Hals verrenken. Eine kleine Abseite, in der sich Klopapier und Putzmittel stapeln. Ein Schränkchen. Eingebaut in den toten Kamin. Es gibt Aufschluß. Ich untersuche immer die Toilettenschränkchen anderer Leute, um mir ein Bild zu machen. Das Parfum benutze ich nicht mehr. Seitdem schlafe ich besser, mein Bett ist mir wieder vertraut. Neulich habe ich Christians stummen Vorwurf beantwortet. Nackt, noch dampfend vom Badewasser, tanzte ich in sein Zimmer, begegnete seinen erwartungsvollen Augen mit triefenden Haaren, bestrich meinen Körper mit diesem Parfum. Er sollte seinen Geruch haben, in seinem Bett. Armer Christian, er wollte nicht mehr mit mir schlafen. Dabei hatte mich diese Vorstellung ziemlich erregt. Bei der Gelegenheit besann sich Christian, daß er eine eigene Wohnung hat. Und auch eine eigene Waschmaschine. Es dauerte einige Tage, bis ich meine Bettwäsche wiederbekam. Er lieferte sich gleich dazu.

Ich beschließe, den Tee in der Küche zu trinken. Die selbstgezimmerte Eckbank ist anheimelnd. Die abgelegten und gebündelten Klassenarbeitshefte in den Kästen unter dem Sitz vermitteln das Gefühl von Ausgewogenheit, erledigte Arbeit. Zu Schuljahresende muß ich sie im Sekretariat abgeben. Die Ernte. Ich muß mich noch auf den Unterricht vorbereiten. Die Schwierigkeiten in der 10. Klasse nehmen zu. Mir ist immer noch nicht klar, ob Gedichte sich für diese Altersstufe eignen. Die Füße von den Tischen zu räumen erfordert den gleichen Aufwand wie die Interpretation der Texte. Die Schüler glauben, ich wollte auf diesem Umweg ihre Psyche erforschen. Sie möchten unerkannt bleiben. Ich soll mich vor ihnen fürchten. Die Mädchen verschanzen sich hinter ihrem Beifall. Oder sie nehmen nichts mehr zur Kenntnis. Vielleicht dichten sie in Gedanken selbst, möglicherweise viel besser. Neulich vorm Kino hat Gregor hinter mir hergepfiffen, scharf und sehr männlich. Ich stand an der Ampel gegenüber. Eine Gruppe meiner Schüler spielte sich auf vor den Plakaten, junge Bewegungen mit altem Anstrich. Einer jonglierte Colabüchsen, seine Mühe beabsichtigte Gefallen, nahm sein Publikum in Besitz, er schepperte eine Dose in die Nähe der Kassiererin. Ich überquerte die Straße, wollte mich nicht einmischen, spannte die Schultern. Das beschleunigt die Schritte. Der Pfiff klatschte wie eine Hand auf mein Gesäß, drehte mich um. Da stand Gregor, das Pfeifen noch zwischen den Fingern. Ich ging auf ihn zu, lächelte ihn aus dem Kreis seiner Freunde, gab ihm die Hand. »Guten Tag«, sagte ich, »vielen Dank für die Einladung. Wann fängt es denn an?«

Gregor starrte mich an, vergaß meine Hand. In seinen Augen fanden sich keine Wörter. »Hast du schon Karten?« fragte ich. Ich entließ ihn aus der Berührung. Seine Hände fielen an ihm herab. »Ich habe kein Geld mehr«, sagte er leise. Das war mein Augenblick. »Schade«, nutzte ich ihn, »wer hinter Frauen herpfeift, sollte Geld haben, denn für die, die sich umdrehen, muß man bezahlen, Gregor. Das ist nun mal so.« Ich ließ ihn stehen. Mit mir entfernten sich von ihm alle Frauen. Das Gelächter der anderen galt ihm.

Seitdem sabotiert er meinen Unterricht. Jedes Gedicht, das ich vorlege, ist ihm zuwider. Bei der schriftlichen Interpretation gab er mir ein leeres Heft ab. Ich weiß nicht, wie ich mit ihm umgehen soll. Heute auf dem Schulhof habe ich mir die Pausenaufsicht zunutze gemacht und ein Gespräch mit ihm angefangen. Er tat, als würde er überhaupt nichts verstehen. Ich gab zu, daß das, was ich mit ihm gemacht hatte, nicht gut war. Ich versuchte, ihm meine Situation zu beschreiben. Meine Geschichte ging ihn nichts an. Er haßt mich, nichts weiter. Ich fand keinen Zugang zu ihm. Ich werde Christian um Rat fragen. Ihm fällt immer etwas ein. Erstaunlich, daß er nicht schon da ist. Seine Zeitabsprachen sind verpflichtend. Mir schmeckt der Tee nicht mehr. Wahrscheinlich ist er seinem Professor begegnet, und sie haben sich in der Projektplanung festgeredet. Ich merke, wie nötig ich ihn brauche. Ich muß ihm meinen Vormittag erzählen. Außerdem wird der Tee kalt. Ich habe ihn schließlich auch für ihn gekocht.

2

Ich öffne Christian die Tür. Er streckt mir seinen nassen Schirm entgegen, dann erst sich selbst. Mit gespitzten Lippen. Sogar sein Bart riecht nach Institut. Ich weiß nicht, wie man zu zweit eine Treppe steigt. Hinterhergehen wirkt auf mich, als wollte ich den anderen in meinen Bereich schieben oder verhindern, daß er die Treppe wieder hinunterfällt. Gehe ich voran, befürchte ich meinen abweisenden Rücken. Noch deutlicher wird die Fremdheit, wenn einer Nässe mit sich hereinträgt. Bis man sich eingeholt hat, ist bereits alles verändert.

Christian geht in das Zimmer, das seins ist, wenn er bei mir wohnt, zieht sich einen frischen Pullover an, verschwindet im Bad und übertönt die Wasserspülung mit seinem Wunsch nach frischem Tee. Währenddessen rühre ich in meiner Tasse und überlege mir seine Selbstverständlichkeit. Er sieht gut aus, ist ein bißchen zu klein für meinen Geschmack, sein Verstand eine Spur zu kühl. Ich liebe ihn, weil ich nichts mit ihm anfangen kann. Das wird wahrscheinlich so lange dauern, bis es mir einfällt.

»Apel hat die finanzielle Zusage vom Ausschuß bekommen! Wir sind vorhin noch einmal die wesentlichen Punkte des Projekts durchgegangen. Ich glaube, wir können es dem Fachbereich jetzt vorlegen. Der Dekan wird sich schwarz ärgern.« Christian kommt strahlend in die Küche. Ich bin sicher, daß er auf dem Weg zum Bad meine Jacke von der Kommode weggenommen und auf einen Bügel gehängt hat. Ich stehe auf, begegne ihm in der Küchentür, schiebe mich mit einem fahrlässigen Streicheln an ihm vorbei in den Flur. Ich habe recht. Ich muß mir die Zähne putzen. In meinem Gaumen schichten sich unaussprechbare Wörter. Christian spürt sie. Er wird resigniert den kalten Tee betrachten, neues Wasser aufstellen, sich neben mich auf die Bank setzen, seinen Arm um mich legen und mich fragend anschaun. Das hält er lange durch. Mir fällt dann immer meine Konfirmation ein. Auch gebe ich grundsätzlich nach. So einem Blick kann man sich nicht entziehen. Also putze ich mir lieber die Zähne und spucke all meine Ungeordnetheit ins Waschbecken. Natürlich fällt die Zahnpasta hin und hinterläßt eine rosa Wurst auf dem Waschbeckenrand. Nehme ich sie oder spüle ich sie weg? Das eine ist so eklig wie das andere, also keine echte Entscheidung. »Ich bin unfähig, Entscheidungen zu treffen«, rufe ich in die Küche. Christian klappert mit dem Teegeschirr. Das Geräusch einer hingestellten Teetasse kündigt mir seinen Auftritt an. Er steht in der Badezimmertür und probiert seinen Blick. Ich quelle über, lasse den Schaum über das Kinn laufen, spucke nicht aus, reiße den Mund auf, wende mich ihm zu. »Küß mich«, schäume ich aus vollem Mund. Christians Blick verändert sich, er dreht sich um und geht in sein Zimmer. Ich verbrauche viel Wasser und fühle meine Zähne. Sie sind nicht mehr verhangen. Sie sind einzeln.

Ich unterbreche Christian beim Sortieren seiner Papiere. Er hat Erfolg gehabt, ist beschäftigt. Sicher würde er gerne pfeifen und traut sich nicht, aus Rücksicht. Ich stelle mich hinter ihn, störe seine Geschäftigkeit. Er dreht sich um, läßt mich nicht in seinen Blick. »Was ist los?« »Ich habe auf dich gewartet. Eigentlich wollte ich mit dir reden. Wegen Gregor. Ich komme nicht an ihn ran. Er rächt sich. Er macht mir den Unterricht kaputt.« »Wer ist Gregor?« »Der Knabe, der neulich hinter mir hergepfiffen hat, ich habe es dir doch erzählt.« »Redet er nicht mehr mit dir?« »Ja.« »Dann ist er in dich verliebt.« »Red doch nicht so'n Quatsch. Er haßt mich.« »Hör mal, Liebes, wenn ein Halbwüchsiger hinter seiner Lehrerin herpfeift, dann hat das möglicherweise zwei Gründe. Entweder er will sich vor seinen Kameraden oder irgendwelchen Mädchen aufspielen, oder er kann es nicht ertragen, nicht gebührend von dir beachtet zu werden. Hast du ihn gegrüßt? Bestimmt nicht, wie ich dich kenne. Schüler müssen zuerst grüßen, oder?« »Ich habe ihn angelächelt, bilde ich mir ein. Ich finde ihn nett. Ich habe bestimmt gelächelt.« »Jedenfalls hast du ihn durch dein Verhalten beleidigt. Du hast ihn lächerlich gemacht vor seinen Mitschülern, und du hast ihm deutlich gemacht, wie überlegen du bist.« »Das weiß ich. Deswegen habe ich heute in der Pause versucht, ihm genau das zu erklären. Ich dachte, ich könnte ihm mein Verhalten begreiflich machen. Ich hätte mich sogar entschuldigt. Aber das hat doch nur einen Sinn, wenn er seine Angeberei durchschaut.« »Aber das kann ihn doch gar nicht interessieren. Dann bist du ihm doch schon wieder überlegen. Du erklärst ihm schon wieder etwas. Wie soll er sich denn dabei ernstgenommen fühlen. Du machst ihn damit doch schon wieder zum Schüler. Gregor will doch offensichtlich ganz etwas anderes von dir. Er will von dir als Mann ernstgenommen werden. Gut, er hat hinter dir hergepfiffen, und du warst sauer. Du reagierst immer sauer auf Pfeifen. In diesem Fall besonders, weil ein Schüler hinter dir hergepfiffen hat.« »Und? Ich habe hundert Gespräche gerade mit meiner Klasse geführt über derartig diskriminierende Umgangsformen. Im Theoretisieren sind sie ganz groß. Nur macht sie das offensichtlich nicht sensibler. Sie verfügen hemmungslos über die ganzen Mechanismen. Was lernen die denn eigentlich bei mir?«

Christian fährt mir freundschaftlich durch die Haare mit der Hand, die keine Zettel festhält. »Glaubst du wirklich, daß man Verhalten durch Unterrichtsgespräche verändern kann? Daß man Sozialisationsprozesse zurückdrehen kann durch Vorträge? Dabei mußt du zwangsläufig so verallgemeinern, daß sich keiner mehr gemeint fühlt. Und zufällig wirst du einmal in der Praxis, du persönlich, damit konfrontiert. Und bringst die Distanz nicht auf, Gregor so zu sehen wie sonst, als einen Schüler, der das Lernziel noch nicht erreicht hat. Du reagierst persönlich getroffen, bist verärgert. Dann steh doch auch zu deiner persönlichen Verärgerung. Lernen kann Gregor doch nur aus deiner Betroffenheit.« »Das nützt doch nichts, schließlich muß ich ihn jeden Tag unterrichten. Und zwar im Klassenraum, hinter dem Pult und nicht auf der Straße.«

Christian lächelt bestätigend. »Genau das ist der Punkt. Gregor war für dich in dem Moment, als er pfiff, nicht der Gregor, der gewöhnlich in deinem Unterricht brav Gedichte interpretiert, sondern irgendein Typ. Dementspre-

chend hast du reagiert. Als Frau. Natürlich belehrend, das ist dein Beruf. Wobei die Frage offenbleibt, ob du, wäre es nicht Gregor gewesen, der gepfiffen hat, auch so reagiert hättest. Deine Überlegenheit war dir in dieser Situation sicher. Ich weiß, das klingt gemein. Und dann gehst du in der Pause hin und versuchst, dich zu rechtfertigen, bist ganz die Lehrerin, die für das Verhalten ihres Schülers Verständnis zeigen will. Diesen Widerspruch merkt der Junge doch auch. Der muß doch das Gefühl haben, du machst dich über ihn lustig. Und er hat recht.« Ich schaue Christian fassungslos an. Bei den letzten Sätzen schob er schon wieder Papier in die Mappe. »Ich muß den Dekan anrufen, wir wollen die Sitzung möglichst bald ansetzen.« Er greift sich das Telefon und wählt. Am liebsten träte ich gegen den Apparat. Ich gehe in die Küche. Christians Tee schmeckt bitter, aber er ist wenigstens warm. Ich hatte gehofft, Christian könnte mir Gregor erklären, weil er ein Mann ist. Ich hatte gehofft, er könnte mich erklären, weil er mit mir zusammenlebt. Er hat mir einen Vortrag gehalten. Ich wollte etwas anderes wissen.
Christian legt seine Mappe auf die Kommode und kommt in die Küche. »Die Sitzung kann nicht vor Mittwoch stattfinden. Der Dekan hat keinen Termin frei.« Es würgt schmerzhaft in meinem Hals, zieht sich zu. »Dein Scheißdekan interessiert mich einen Dreck!« Ich werfe den Teelöffel quer über den Tisch und flüchte.
Der Stuhl war Gott sei Dank nicht umgekippt. Das wäre ein zu pathetischer Abgang gewesen. Ich fing meine Zimmertür gerade noch auf. Eine blödsinnige Angewohnheit, immer zu heulen, wenn die Wörter wegbleiben und ich mich an meiner eigenen Sprachlosigkeit verschlucke. Ich will weg. Das Kursbuch liegt noch auf dem Schreibtisch. Marie war vor ein paar Tagen dagewesen. Ich blättere und heule Tränen, die sichtbar wachsen, sich verfärben, sich im Nahverkehr verströmen. Marburg ab 22.31, Frankfurt an 23.36, gibt zusammen 45.67 also 46.07. Das ist mir nicht weit genug. Fernstrecken wären der räumlichen Dimension meiner Tränen angemessener. Auf gelbem Papier macht sich der nächste Tropfen schon viel besser. Ich lege Bill Evans auf, korrigiere die Laut-

stärke auf eine Phonzahl, die meine Stimmung nach außen nicht verrät, reiße die beiden Tränenseiten aus dem Kursbuch und lege sie in den Band Brockhaus, den ich zum Blumenpressen benutze. Eine gelbe Pfütze quer durch Amsterdam, eine rote auf der Strecke nach Frankfurt. Es wird ein Rand übrigbleiben, ich werde die Blätter rahmen und mein Selbstmitleid verewigen. Das Löschblatt von Georg Daniel wird Gesellschaft bekommen.

Als ich damals der Hauswirtin die Mietstundung abschwätzte, war der alte Herr meine Rettung. Sie nahm mir seine Geschichte ungläubig, aber hingerissen ab.

Georg Daniel, der sein Leben damit verbrachte, Löschblätter zu sammeln, zu bündeln und zu stapeln. Der die Auswertung seiner Schätze immer wieder hinausschob, um nicht die Hoffnung auf das Außergewöhnliche zu gefährden. Den der Schlag traf, als er beim Erklimmen seines Regals herunterfiel und all sein Papier ihn begrub. Ich behielt aus seinem Nachlaß sein eigenes Löschblatt, das, das noch nicht fertig war. Es ist schön. Links unten perforiert, großartig vergilbt, treibt es jedem Betrachter Andacht in die Seele. Es stammt aus seinem Briefblock. Er hat damit seine Korrespondenz gelöscht. Briefe, die niemand lesen wollte, weil sich keiner für seine Löschblätter interessierte.

Meine Wirtin verstand ihn. Als ich sie vor den grünen, innen vergoldeten Rahmen führte, erkannte sie meinen Reichtum. Ich ließ vor ihren Augen Georg Daniel im Schaukelstuhl auferstehen, an einer langen Pfeife rauchen und nachdenken über die Ignoranz der Welt. Denn wer muß nicht Ehrfurcht haben vor Löschblättern? Georg Daniel hat es damals für mich geschafft. Ich brauchte die Miete erst später zu bezahlen.

3

Es hat keinen Zweck davonzulaufen. Ich werde das Wochenende dazu benutzen, etwas mehr Klarheit in Christians und meine Beziehung zu bringen. Im übrigen möchte ich schlafen, essen, lesen. Abschalten, die Schule vergessen. Mich bewegen und mich fühlen.

Die Birne der Schreibtischlampe ist immer noch kaputt. Ich muß sie ersetzen. Diesmal werde ich meine Vorbereitung so machen, wie es sich gehört. Eingezwängt in den Schreibtischstuhl, links die Hefte, rechts die Schulbücher, die hervorragende Unterrichtsvorschläge enthalten, deren Durchführung mir noch nie gelungen ist. Ich komme immer ganz woanders an, als vorgesehen. Ich greife mir den Gedichtband, blättere darin herum, denke an die feuchten Augen von Marlene Dörfler, als Kim in der letzten Stunde versuchte zu begreifen, was Liebe sei. Er meinte es ernst und war fast offen. Aber die Art, mit der einige Jungen zuhörten, ließ ihn verstummen. Zärtlichkeit hieß wieder Vögeln, das der Dichter ja doch nur im Kopf habe, auch wenn er sich so hochtrabend ausdrückt. Einer brüllte irgend etwas von Kino in die Klasse. Ich reagierte gereizt und konnte nicht verhindern, daß ich Gregor anschaute. Der schaukelte desinteressiert auf seinem Stuhl. Mir fiel erst jetzt auf, daß ich nicht wußte, in welchen Film Gregor eigentlich gehen wollte. Die Anspielung der Schüler deutete auf einen Sexfilm oder eine Schnulze. Das machte die Sache noch aussichtsloser. Ich verlor den Faden. Die Beiträge wurden zunehmend provokanter. Einer übertrumpfte den anderen. »Wer sowas dichtet, ist verklemmt.« »Der ist zu feige zum Bumsen.« »Aye, der hat keine abgekriegt und braucht so'n Schmalz zum Wichsen.« Mir wurde übel. Hier muß ich anknüpfen. Ich brauche einen sinnlicheren Text. Weniger verschlüsselt. Ein oder zwei Gedichte von Villon, dann überleiten auf Balladen. Also werde ich einen Villontext suchen und

durcharbeiten, ihn didaktisch und methodisch verstümmeln und den Schülern verkaufen. Vielleicht gelingt es mir, ihnen zu zeigen, was sinnliche Sprache ist. Aber damit zeige ich ihnen nur ihre eigenen Verkümmerungen. Ich muß die Behauptung aufgreifen, daß Lyriker, die Liebesgedichte schreiben, verklemmt seien und unbefriedigt. Ich werde zwei Sätze an die Tafel schreiben: »Ich bin so wild nach deinem Erdbeermund« und »Ich will dich vögeln«. Erst neulich ist ein Vater zum Direktor gerannt, weil Liesa, die in der achten Klasse das Thema ›Fachsprachen‹ behandelte, auf »unanständige Wörter« eingegangen ist. Einige Schüler hatten ihre Hausaufgaben dazu benutzt, alle ihnen bekannten Sexualwörter aufzuschreiben. Sie nannten das Schülersprache. Liesa schrieb die Wörter an die Tafel, viele Kinder schrieben sie ab, in ihr Schulheft. Liesa konnte dabei manche Unklarheit ausräumen. Der Vater des Mädchens hat erreicht, daß Liesa einen ausführlichen Bericht über diese Stunde an die Schulleitung und das Schulamt geben muß. Öffentliche Rechtfertigung.
Vielleicht werde ich doch erst über Lyrik als Zwischenbereich der Sprache reden und über die Möglichkeit, Gefühle sprachlich auszudrücken, diskutieren lassen. Erst nach der Lektüre der Ballade für Yssabeau werde ich die Frage nach dem Unterschied der beiden Sätze stellen. Nicht an der Tafel. »Ich bin so wild nach deinem Erdbeermund, ich schrie mir schon die Lungen wund nach deinem weißen Leib, du Weib!« Ist es dasselbe, wenn Villon statt dessen geschrieben hätte »Ich will dich vögeln?«
Im Original hört sich Villon viel schöner an. Die zweisprachige Ausgabe hat Jonas mir geschenkt. Aber da ist dieses Gedicht nicht drin. Soll ich die Schüler auf Zech verweisen? Meine Französischkenntnisse sind mangelhaft. Jonas hat nie aufgehört, mir französische Wörter zu schenken. Französisch war seine *tendresse*. »Im Klee, da hat der Mai ein Bett gemacht, da blüht ein schöner Zeitvertreib mit deinem Leib die lange Nacht.« Es war hellichter Tag. Der Himmel so strahlend blau, daß man ihn riechen konnte. Wenn Jonas' Augen nicht über mir waren, schien mir die Sonne ins Gesicht. Mir war es zum Sterben peinlich, als der Förster kam, der vielleicht auch

nur ein Spaziergänger war. Ein Gewehr habe ich nicht in Erinnerung, auch keinen Hund. Jonas hielt mich ganz fest. Er machte mich unsichtbar. Er hat meinen Schrecken nicht angenommen. Jonas nahm die Ungewöhnlichkeit aus der Situation, indem er dem Menschen freundlich einen guten Tag wünschte. Dem blieb nichts anderes, als weiterzugehen. Mit steifem Nacken. Ich kann mir Jonas' Augen genau vorstellen. In ihnen wird unsere Zärtlichkeit gespielt haben. Ich fühlte seine Wärme auf meiner Haut. Er hatte seine Nase bestimmt ein wenig nach oben gereckt, nicht hochmütig, sondern überzeugend. Dabei wurden seine Hände auf meinem Rücken sehr intensiv. Jonas verlor sich nicht, auch nicht durch Spaziergänger. Er blieb ganz in mir. Wir haben uns nie wieder so lachend und befreit geliebt. Ich war kein Kaninchen mehr, und es war mir gleich, wer uns zuschaute. »Im tiefen Erdbeertal, im schwarzen Haar, da schlief ich manches Sommerjahr bei dir und schlief doch nie zuviel.« Aber das kann ich meinen Schülern nicht erzählen. Dazu sind Gedichte nötig. Dazu brauche ich Jonas. Er hätte es erzählt. Er hätte es ihnen erzählt wie ein Gedicht. Und meine Schüler würden Gedichte begreifen. Ich werde unter »Ballade« nachschlagen. Jonas ist nicht mehr da. Er hat meine Leichtigkeit mit sich genommen. Ans Meer. Er hat sich verschlucken lassen. Das war sein Wunsch. Aber der Wal wird Verdauungsbeschwerden bekommen. Ihm wird es so gehen wie mir. Er wird sich wegen Schluckaufs von Jonas trennen. »Ballade, eigtl. in den roman. Ländern e. von den Tanzenden gesungenes, kurzes und strophisches Lied ...« Kann ich den Schülern sagen, Villons Balladen seien Jonaslieder? Jonas, der immer tanzte, dessen Gedanken tanzten, dessen Augen tanzten, besonders wenn er traurig war? »Im Wintertal, im schwarzen Erdbeerkraut, da hat der Schnee sein Nest gebaut und fragt nicht, wo die Liebe sei.«

Ich werde den Schülern Zech verschweigen, seine Ausleihe rückgängig machen.

Ich nehme ein leeres Blatt, spitze umständlich den Bleistift. »Einstieg:«, schreibe ich hin, »Lyrik als Versprachlichung von Gefühlen. Villon, Lyriker des 15. Jahrhun-

derts. In der Nachfolge der Troubadours. Übergang der lyrischen Form zur Ballade.« So geht das nicht. Ich kann die Schüler nicht mit der Geschichte der Ballade strapazieren. Wenn ich sie schon für mitteilenswert halte, muß ich sie anschaulich machen. Aber das ist nicht mein Problem. Ich will Schülern, die mitten in der Pubertät stecken, zeigen, warum Liebesgedichte nicht Ausdruck von Verklemmungen sind. Sie sollen selbst fühlen.
Der Bleistift ist wieder stumpf. Ich habe mich in viele ineinandergeschachtelte eckige Kästchen gepackt. Sie sind zum Teil sehr schief. Die Perspektive stimmt nicht. Ein neues Blatt. »Villon, ein französischer Dichter des 15. Jahrhunderts.« Natürlich wollte er vögeln. Seine Gedichte schreibt nicht mehr der kleine Montcorbier, der öffentlich verprügelt wird, weil er Brot gestohlen hat gegen den Hunger. Der Zögling Pater Guilleaumes weiß inzwischen, wer Gott ist. Der aber hütet sich vor François. Er wirft ihn ins Gefängnis. Er nimmt ihm die Frauen, die Wärme, die Hoffnung. Villon aber lebt seine Sinnlichkeit gegen die Kerker. Er macht Lieder. Sie sind voll zärtlicher Sinnlichkeit, weil er nicht fromm ist. »François Villon sagt: Das bin ich, welcher groß und gerade vor euch steht. Seht, in seinen Augen spiegeln sich alle Dinge umgedreht. Niemand weiß, woher er kam, will auch niemand hier sein Bruder sein, als er sich den Wind zur Wohnung nahm und ins Bett den kalten Stein.« Ich habe mich festgelesen, habe vergessen, daß ich eine Unterrichtsstunde vorbereiten muß, in der für all dies kein Platz ist. Nicht dafür, daß Zech in diesem Gedicht aufhört, er selbst zu sein, und lebt mit der Sprache eines anderen, daß Villon im Bauch eines Wales sitzt und daß ich das eine nicht vom anderen trennen kann. Es ist hoffnungslos. Die Geschichte der Ballade ist ohne mich und Jonas nicht mehr denkbar.
Ich werde also morgen mein sachliches Gesicht aufsetzen und die Klasse betreten wie jemand, der sich im klaren ist, werde das Buch aus der Tasche holen, den Text umständlich aufschlagen und das Gedicht vorlesen. Ohne Warnung. Derartiges Kino bannt die Schüler. Vielleicht muß ich die verzerrte Gleichung doch an die Tafel schreiben. Vielleicht spüren sie die Zärtlichkeit der Verse. Vielleicht

haben sie Gefühle. Die Unruhe wird erst einsetzen, wenn es mir nicht gelingt, mich in den Zeilen mitzulesen.
Ich bin entsetzlich müde. Das Gefühl, nach stundenlanger Vorbereitung unvorbereitet wie immer zu sein, sitzt in den Augen. Das Wissen um meine Hilflosigkeit wird wieder verhindern, daß ich entspannt einschlafe, wird die Bilder ausstreichen, die das Einschlafen wärmen. Da ich die erste Stunde habe, sortiere ich meine Niedergeschlagenheit in die Aktentasche, gehe ins Bad, lösche die Lichter. Ich habe Angst vor dem Unterricht. Das wird sich nicht ändern. Die vielen Wörter über Wörter, die doch nur Wörter bleiben, machen mich stumm. »Wär nur der Winter erst vorbei und wieder grün der Wiesengrund! ... ich bin so wild nach deinem Erdbeermund.«

4

Ich bin dabei, mein Gesicht einzustellen, schon kurz vor dem Klassenraum, als er an mir vorbeikommt. Sie nennen ihn Ganymed. Dabei ist er nicht unsterblich. Ich vergesse meinen Auftritt, drehe mich nach ihm um. Dr. Falks kommt mit dem leeren Korridor nicht zurecht. Jeden Moment können seine Beine abbrechen. Er geht wie Marmor. Noch von hinten dröhnt sein Gesicht. Bliebe er stehen, seitlich, regungslos, er würde unserem Gymnasium zur Ehre gereichen. Griechische Proportionen, leicht angewinkeltes Spielbein. Der rechte Arm müßte fehlen. Abgebrochen, ein wenig oberhalb des Ellenbogens. Ein kleines Schildchen am Sockel. Ich habe neuerdings mit ihm zu tun. Meine Klasse weigerte sich, an seinem Unterricht teilzunehmen. Er sei unerträglich. Geometrie gehört zu den Dingen, die ich vollständig vergessen kann. Dabei möchte ich mich damit beschäftigen. Das hat für mich etwas ungeheuer Konsequentes. Wir verabredeten einen Unterrichtsbesuch. Er wollte die Schüler erdenken lassen, wozu ein Försterdreieck gut sein kann. Strahlensatz. Das wußten alle. Aber wie? An der Tafel entstand ein mathematischer Baum. Und ein Dreieck, mit gewölbtem Griff. Es hätte ein wunderschönes Bild werden können. Halb zur Tafel gewandt, entließ Falks seine Erläuterungen. Ich nahm den Baum und das Dreieck in mich hinein. Zwischen ihnen mühte sich ein Mann, hin und her. Zunächst mit kleinen, zögernden Schritten, dann mit entschieden größeren. Er rechnete. Schätzte. Blickte am Baum hoch, lauschte den Vögeln, ließ den Wind die Zweige öffnen, bannte mit dem Blick die Sonne. Die wechselnden Schatten halfen dem Mann, die Dunkelheit hinter den Lidern mit Kreisen und Linien auszuleuchten. Der Mann wußte nicht, was er mit dem Dreieck sollte. Der König hatte es ihm gegeben. Bis zum Abend sollte er den Baum vermessen, sonst mußte er

sterben. Schließlich lehnte er sich ermüdet an den Stamm und schlief ein. Da schickte die Sonne zwei Strahlen vom Himmel, die trafen das Dreieck, brachen sich, richteten sich auf und spielten umeinander. Sie hielten ein. Der Mann schritt auf ihnen entlang und zählte. Siebenundzwanzig Schritte. Es war ein noch junger Baum. Er erwachte, schaute am Baum empor, lächelte dem frechen Vogel zu, griff nach den Strahlen, die nun wieder in der Sonne saßen, nahm das Dreieck und meldete dem König: Siebenundzwanzig. Da bekam er die Königstochter zur Frau.
Ich hatte den Strahlensatz verstanden. Als Dr. Falks mit mir seine Stunde besprach, machte ich ihm Hoffnung. Die Kinder hatten konzentriert mitgearbeitet. Sie sagten, weil ich dabei war. Aber ich müßte doch trotzdem gemerkt haben, daß er nicht erklären könne. Und er wäre langweilig. Ich war froh, daß ich die Klassenarbeit nicht mitzuschreiben brauchte. Dr. Falks versprach mir, den Schülern den ganzen Stoff noch einmal zu erklären. Anschaulicher machen könne man Mathematik nicht. Da gäbe es eben bestimmte Sätze, die man lernen und anwenden müsse. Die Kinder paßten zu wenig auf. Die wollten einfach nicht lernen.

Ich stehe vor der Tür, hinter der es recht lautstark zugeht. Trotz der ersten Stunde. Die Schüler sind wach. Ganymed ist schon längst aus dem Korridor verschwunden. Ich muß hinein. Das Buch in meiner Tasche wird schwer. Ich will diesmal erreichen, was ich mir vorgenommen habe.
Es ist jedesmal dasselbe. Ich öffne die Tür. Das Ritual beginnt. Es gibt den Schülern Zeit, sich für einen Stuhl zu entscheiden, sich darauf einzurichten. Ich gehe an der linken Tischreihe entlang, halte mich fest an meiner Tasche, schaue niemanden an. Die Tafel ist sauber, das macht die Putzfrau nachmittags. Zur zweiten Stunde wird sie verschmiert sein. Niemand macht sich die Mühe des Trockenwischens. Der grüne Teppichboden wirkt gepflegter als der alte Sisal in meiner Wohnung. Der Papierkorb ist leer. Diesmal nehme ich die Tischkante von Friedrich nicht mit. Ich erspare ihm die heimliche Freude.

Ich erreiche den Lehrertisch, lege die Tasche drauf, öffne sie, hole Buch und Kreide heraus, schließe sie und schau auf: »Guten Morgen.« Das Ritual ist beendet.
Es ist ruhig. Das wird nicht so bleiben. Heute ist Samstag. Es fehlt niemand, auch Gregor nicht. Kim sitzt neben Marlene, Dietrich versucht es heute mit dem Neuen. Ich nehme die Kreide und schreibe an die Tafel: François Villon oder de Montcorbier. Ich lese den Namen vor. »Aye, jetzt lyriken wir sogar noch französisch.« »Villon lebte im 15. Jahrhundert«, sage ich und nehme das Buch.
Ich lese die Überschrift. »Eine verliebte Ballade für ein Mädchen namens Yssabeau, nachgedichtet von Paul Zech.« »Was ist eine Ballade?« fragt Marlene. »Ein dramatisches Gedicht, aber bei Villon sind das noch Lieder, das hat sich erst später so entwickelt.« Kim flüstert auf Marlene ein. Er will nicht, daß sie Fragen stellt. Fragen bedeuten Antworten, die man sich merken muß. Meine Schüler haben nicht die Absicht, sich meine Antworten zu merken. Sie wollen nicht wissen, was Balladen von anderen Gedichtformen unterscheidet. Solches Wissen ist zu gut abfragbar. Ich beginne zu lesen. Meine Stimme ist rauh, ich bin dem Gekicher nicht gewachsen, das die Worte »nach deinem weißen Leib, du Weib« begleitet. Ich verschanze mich hinter dem Formalen und mache auf den Binnenreim aufmerksam, erkläre den Begriff an der Tafel und fange von vorn an. Je weiter ich komme, desto mehr lese ich gegen mich und die Klasse. Ich lese verteidigend. Die Schüler spüren den Vorwurf. Endlich bin ich am Ende. Gregor kippelt auf dem Stuhl, schaut zum Fenster hinaus und zieht ein Kaugummi lang. Ich lege das Buch auf den Tisch. Stille. Gregor hat sein Kaugummi wieder eingeholt. Max drückt seinen Stuhl nach hinten, zieht die Knie an, schaut mich herausfordernd an. Ich hoffe auf Marlene und Kim. Aber es ist zu früh. »Soll ich das Gedicht noch einmal lesen?« Das Unbehagen äußert sich in einigen Körperverschiebungen. Ich gehe zurück zu meinem Tisch, nehme das Buch auf und beginne von vorn. Ich lese schneller, sachlicher, hebe die Enjambements hervor und rhythmisiere stärker. Bei »Muschelgrund«

sagt einer: »So kann mans auch nennen.« »Was?« hake ich nach. »Der meint doch ganz was anderes«, sagt Dietrich. Die anderen lachen. »Stimmt«, sage ich, »aber um das nachprüfen zu können, braucht ihr die Texte.«
Ich öffne meine Tasche, nehme die Fotokopien heraus. Obenauf liegt der Zettel mit meiner Vorbereitung. »Villon, Dichter des 15. Jahrhunderts.« Als Christian heute nacht nach Hause kam, war ich schon fest eingeschlafen. Er schaute vorsichtig in mein Zimmer, fragte nach meinem Schlaf. »Ich bin so wild nach deinem Erdbeermund«, murmelte ich dem obligaten Gutenachtkuß entgegen. Christian verstand nicht, strich mir über den Kopf und ging hinüber.
»Heike, verteilst du bitte die Zettel?« Heike nimmt die Papiere und bewegt sich raumgreifend von Tisch zu Tisch. Sie ist zu üppig, denke ich, sie sollte abnehmen. Ihr schmales Gesicht paßt nicht zu der Fülle. Vor einem Jahr, auf der Klassenfahrt, war sie noch ein Kind. Das dicke Kind, das jede Klasse hat. Die Knutschereien im Bus schwitzten eine enge Atmosphäre. Heike saß allein, am Fenster über dem Rad. Ich konnte sie von meinem Platz über den Spiegel sehen. Sie starrte mit weiten Augen in das Dunkelwerden hinaus. Schräg nach vorn. Ihre Augen liefen nicht mit dem Fahrbahnrand oder den Bäumen. Ihr rundes Gesicht, die dicken Backen, die großen Augen und die Locken über der Stirn gehörten einem aus dem Deckenfresko gefallenen Barockengel. Die Verwandlung des dicken Kindes, das bald mehr wissen sollte, war nicht aufzuhalten. Ich nahm meinen Blick aus dem Spiegel und stand auf. Meine Augen trafen das Gequietsche und Gerammel auf der hinteren Bank. Ich hangelte mich den Gang entlang zu Heikes Sitz. »Darf ich?« fragte ich leise. Heikes dicker Körper rückte ein wenig zur Seite. Ich zwängte mich daneben. Unsere Seiten berührten sich. Heike war sehr weich. Die schwüle Atmosphäre um uns herum spannte sich. Die Aufmerksamkeit der hinteren Bank lastete auf unseren Kopfstützen. Heikes Profil machte mir deutlich, daß das mit der Stupsnase nicht stimmte. Der mir zugewandte Mundwinkel war etwas heruntergezogen, zu hart für ihr weiches Gesicht. Unsere

Körper wärmten sich an jedem Holpern des Rades, auf dem wir saßen. Heike begann zu zittern. Eine Träne rann auf meiner Seite ihres Gesichts um den Nasenflügel, an dem zuckenden Mundwinkel vorbei über das runde Kinn. Dann kam der Schluchzer, nicht aufzuhalten, tief und endgültig. Er befreite uns alle. Heike legte den Kopf auf meine Knie. Meine Hände hielten ihre Schulter, streichelten ihr Haar, spielten mit ihren Locken, um die ich sie beneidete. Ihr Weinen strömte durch ihren Rücken in meinen Bauch. Ich hielt sie fest, meine Jeans wurden feucht. Es gab kein Taschentuch. Draußen wurde es immer dunkler. Die andern hatten begonnen sich zu unterhalten. Heike schlief auf meinem Schoß, bis wir die Jugendherberge erreichten. Seitdem ist sie mutiger. Die anderen haben sie akzeptiert.

Heike setzt sich wieder hin. Die Zettel werden gelesen, nur Gregor läßt ihn unbeachtet. Soll ich reagieren? Ich sollte ihn zwingen, den Zettel aufzuessen. Das Papier würde ihn aufquellen, bis er platzt. Vielleicht sagt er dann endlich etwas. Seine verschlossene Gleichgültigkeit sitzt mir im Magen. Ich darf mir nichts anmerken lassen. »Was sollen wir denn eigentlich machen?« fragt Hilmar, der wie immer nicht zugehört hat. »Hilmar, es geht darum herauszufinden, was Villon mit dem Wort ›Muschelgrund‹ meint. Dietrich hat behauptet, er meint damit etwas ganz anderes.« »Meint er auch«, sagt Dietrich, »das wird in der zweiten Strophe doch ganz deutlich.« »Was meint er denn?« »Das wissen Sie genauso gut wie ich.« Auf einigen Gesichtern zeichnet sich Verständnis ab. Marlene hat bis jetzt konzentriert gelesen. Sie hebt die Hand, ohne vom Papier aufzuschaun. Ich nehme sie dran. »Das Wort Muschelgrund ist es nicht allein. Da sind noch andere, die auch nicht das bedeuten, was sie sagen. Das sind halt nur Bilder.« »Kannst du uns die anderen nennen?« »Ich glaube, außer Muschelgrund ist es genauso Erdbeermund, und das mit dem Tal vielleicht auch.« »Ja. Aber was meint Villon mit diesen Bildern?« Wieder schweigen sie sich aus. »Gut«, unterbreche ich, »nehmt bitte eure Hefte, und jeder versucht für sich, diese Bilder zu finden und zu

erklären. Achtet dabei auf den Textzusammenhang und spekuliert nicht. Versucht eure Ansichten zu begründen.«
Gregor rührt sich nicht. Die anderen kramen ihre Hefte hervor oder leihen sich umständlich und nicht ohne Verhandlung Zettel. Ich wandere durch den Raum und bleibe wie zufällig neben Gregor stehen. Ich habe mich in seinen Fensterblick geschoben. Er wendet den Kopf und schaut irgendwohin an die Tafelwand, bringt seinen Stuhl aus der Kippe in den Stand, und seine Versteinerung ist vollständig. Gregor fühlt sich beobachtet. Seine Abwehr ist körperlich spürbar. Ich möchte ihm eine Hand auf die Schulter legen. Ihn würde das Gedicht sicher ähnlich anrühren wie mich. Aber Gregor hat beschlossen, ein Monument zu sein. Ich darf hier nicht stehenbleiben. Ich öffne ein Fenster und atme durch. Max steht auf. Er geht zum Papierkorb, wischt dabei ein Heft vom Tisch, zerknüllt langsam mit spöttischem Grinsen seinen Zettel und läßt ihn aus spitzen Fingern fallen. Max wird also nichts mehr tun in dieser Stunde. Ein Erdbeermund paßt auch nicht zu Django. Hüftenwiegend, auf einem Umweg an Heike und Dorothea vorbei, schiebt Max sich seinem Stuhl entgegen. Die Colts baumeln tief an seiner Hüfte, die Hände hält er ziehbereit. Er besteigt sein Pferd über die Lehne und sitzt triumphierend im Sattel. Er weiß, daß ich vom Erfolg seines Rittes nicht überzeugt bin, aber sein Triumph gilt mir, dem Sheriff. Weil ich meinen Stern vergessen habe, lächle ich ihm vorsichtig zu. Max hat für mich die Rolle des Versagers vorgesehen in diesem Spiel. Ich werde Kim bitten, seine Arbeitsergebnisse vorzulesen. Kim ist gut in Deutsch. Er hat ein Sensorium für Sprache.
Kim ist ein Stück meiner eigenen Geschichte. Seine Mutter war eine Weile mit mir befreundet. Wir studierten einen Sommer lang an der gleichen Universität, Regina wollte Ärztin werden. Sie war älter als ich, aß aber genauso gerne Eis. Deshalb lernten wir uns kennen. Wir schenkten uns gegenseitig die lustigsten Professoren. Regina hat viel über Schiller gelernt, ich über Anatomie. Wenn Professor Munker seine Nase mit Mühe über das Rednerpult hob

und ihre Größe bewies, indem er die Astrologie des 17. Jahrhunderts sternig aus ihr heraustropfen ließ, so daß Mars und Venus im Haus des Jupiter Kometen gebaren, dann endete der Dreißigjährige Krieg schon 1628 und Regina brauchte einen großen Rücken vor sich. Der breiteste Rücken, den ich kenne, gehört Hannes. Ihn hatte Regina geheiratet. Kim lebt bei ihm. Regina ist in Berlin. Sie hat Hannes nur zwei Kinder lang ertragen. Hannes ist inzwischen Oberarzt. Heute überläßt er die Krankheiten seinen Patienten. Als er seine Lehrbücher noch wie Literatur nahm, mußten wir ständig um ihn fürchten. Er war unerträglich. Regina versuchte lange Zeit, auf seinen unaufhaltsamen Verfall mit Liebe einzuwirken, aber es war umsonst. Sie verliebte sich in einen Theologen. Als auch das nichts nützte, ging sie nach Berlin. Ich habe sie aus den Augen verloren. Hannes kommt regelmäßig zu den Elternsprechtagen.

»Kim, welche Wörter hältst du für Bilder?« »Es sind nicht viele, und ich bin auch nicht gut damit zurechtgekommen.« Kim fährt nervös mit dem linken Daumen an den Blättern seines Heftes entlang. »Ich habe Erdbeermund in Zeile eins. Damit meint Villon den Mund Yssabeaus, die wahrscheinlich noch ziemlich jung war. Erdbeermund kann ich mir nur bei Mädchen vorstellen.« Max grinst mir entgegen und streckt seine Beine lang unter den Tisch. Für eine Camel gehe ich meilenweit, fährt es mir durch den Kopf. Die aufgestellten Schuhsohlen schieben mich zurück an die Tafel.
»Die Wörter verändern in der zweiten Strophe ihre Bedeutung.«
Für Kim gibt es Max nicht. Kim steht mitten im Klee. Er taucht mit den Augen eines Liebenden aus seinem Heft auf. »Zuerst hat Villon Sehnsucht nach Yssabeau. Wie er das ausdrückt, finde ich ziemlich brutal. Wie 'n Tier.« Gregor bewegt den Kopf zu Marlene hinüber und starrt sie an. Würde er blinzeln, seine Wimpern brächen. Marlene ist beschäftigt, ihre Aufzeichnungen mit denen Kims zu vergleichen. Ihre Ellenbogen berühren sich. Kim denkt fragend in meine Richtung. Er sieht seiner Mutter ähnlich.

»Aber das hängt vielleicht mit seiner Situation zusammen«, sagt er zögernd. Er taucht zurück in sein Heft. »In den letzten beiden Strophen stimmt das mit dem Sommer nämlich nicht. Da ist Winter. Deshalb hat er Sehnsucht nach dem Mädchen.« Gregor hat angefangen, sich die Fingernägel mit einem Streichholz zu reinigen. Mit dem Gesicht eines entspannten Kaninchens nagt er an der Nagelhaut. »Richtig, aber du kommst von der Ausgangsfrage ab. Wie setzt Villon seine Bilder ein?« Marlene löst ihren Ellbogen von Kim. »Ja, Marlene?« »In der ersten Strophe meint Villon mit dem Tal die Natur. Da ist Frühling, Mai, und da will er mit Yssabeau im Tal, im Klee, Liebe machen.« »Hört, hört«, grinst Max Dietrich an. Hilmar schaut von seinen Gravuren auf. Am Schluß der Stunde wird in seiner Bank meine Erscheinung als Kotzbrocken oder ähnliches verewigt sein. Vielleicht soll mich aber auch einer der Kollegen ficken oder Hilmar hat seinen dezenten Tag und verzeichnet nur, mit wem ich es zur Zeit in seiner Vorstellung treibe.

»Aber als er das Gedicht schrieb, da ist es Winter, und die Liebe zu dem Mädchen hat ihm kein Glück gebracht. Steht in der dritten Strophe«, wirft Heike verteidigend ein. »Da haben die Wörter schon längst eine andere Bedeutung. In der zweiten Strophe meint Villon nämlich nicht mehr die Natur, wie in der ersten. Das wird ganz klar bei ›im dunklen Tal, im Muschelgrund‹, und danach ist ›Erdbeermund‹ auch was anderes als vorher.« Kim spürt die Schönheit des Gedichts. Seine Augen verraten ihn. »Dietrich, du hast doch die Frage aufgeworfen. Warum beteiligst du dich eigentlich nicht an dem Gespräch?« »Also, wenn Sie mich fragen, ich finde das zu schwierig. Wenn ich jetzt sage, der meint die Scham von der Frau, dann stimmt das. Zum Beispiel: ›hast nur den roten Mund noch aufgespart für mich so tief im Haar verwahrt‹. Ganz schön hart, finde ich. Aber trotzdem meint er noch was anderes. Ich kann das nicht erklären.« »Ja, aber gerade an der Stelle, die du eben zitiert hast, wird doch deutlich, was ihm fehlt. Nur den roten Mund, sagt Villon, was noch da war, ist offensichtlich verloren.« »Der Frühling und der Sommer«, erkennt Hilde. »Der Winter ist kalt und tot, und im Frühling und Sommer ist die Natur lebendig.« »Das liegt an dem roten Tier«, überlegt Kim laut. »Villon sagt, er hat das rote Tier im Blut, das ihm Mut macht. Damit meint er vielleicht seine Leidenschaft. Und wenn er die im Winter noch spürt, dann macht ihm das Hoffnung.«

Gregor hat seine Nagelpflege beendet. Er kaut auf dem Streichholz herum und mustert, den Kopf in beiden Händen, die Schüler, die mitarbeiten. Wenn Gregor nicht bis zum Ende der Mainstreet das Streichholz fertig gekaut hat, wird er in Max einen echten Gegner finden, dessen Sporen schon aggressiv rasseln. »Klaus, kannst du das zusammenfassen?« »Ja. Villon schreibt das Gedicht im Winter. Da ist das rote Tier, das er im Blut hat durch seine Liebe mit Yssabeau. Und der Winter läßt die Liebe nicht zu, aber das rote Tier wartet in ihm auf den Frühling. Und dann wird er Yssabeau wieder lieben. Er meint damit, daß er dann wieder leben wird und frei ist.« »Wie kommst du auf frei?« »Ich finde, das hat was mit Freiheit zu tun.« »Wieso?« Monika hat Klaus verstanden: »Weil er im Frühling tun kann, was er will. Jetzt wünscht er es sich nur und ist ziemlich traurig dabei. Steht ja auch am Anfang der dritten Strophe: die graue Welt macht keine Freude mehr.« »Nur die Liebe zu Yssabeau macht ihm Freude«, ergänzt Kim. Gregor nimmt die Hände aus dem Gesicht. Seine Mundwinkel wandern zum Kinn. Seine Augen werden schmal und meinen mich. »Der will sie doch bloß vögeln«, sagt er, »das ist alles.« Mein Magen zieht sich zusammen. Eine heiße Welle bis zum Hals schlägt um in Kälte. »Sicher, diese Antwort habe ich von dir erwartet. Sexfilmspezialisten sollte man mit Lyrik verschonen. Ich vergaß das. Entschuldige.« Gregor ist blaß geworden. Seine Augen dunkel und zornig. Der Bleistift in seinen Händen hält der Kraftprobe nicht mehr lange stand. Er wirft ihn auf den Tisch. »Ihr ewiges Entschuldigung können Sie sich sparen. Das hängt mir zum Hals raus.« »Du mir auch.« Die Kälte breitet sich in meinem Kopf aus. »Du versuchst mit deiner pubertären Großartigkeit doch nur, deine Dummheit zu kaschieren.« Gregor starrt mich an. Seine Augen klirren. Er dreht wieder den Bleistift in den Fingern. Die anderen beobachten uns. Die Spannung ist unerträglich. Ich muß etwas tun, um meine Entgleisung rückgängig zu machen. »Gregor, ich würde mich gern nach der Stunde mit dir unterhalten.« »Nein.« »Ich halte es für notwendig, unsere Auseinandersetzung in einer anderen Form fortzuführen.« »Nein«, wiederholt Gregor. »Schade, ich hatte dich anders eingeschätzt.« Die Kälte hat sich aufgelöst, mir ist elend. Es klingelt. Ich wende mich meinem Tisch zu, ziehe mich hinter ihn zurück, halte die Stuhllehne fest, beende die Stunde. »Macht als Hausaufgabe bitte eine Gesamtinterpretation des Gedichts.«

Vielleicht wartet Gregor doch auf mich, denke ich und packe meine Sachen in die Tasche. Ich wische die Tafel mit dem viel zu nassen Schwamm. Ich drehe mich um. Da stehen nur noch Kim und Marlene. Ich kann nicht verstehen, worüber sie reden. Sie weichen meinem Blick aus. Gregor ist gegangen.

5

Auf den Fluren toben Kinder zu den verschiedenen Klassenräumen. Hartkantige Taschen sorgen für Vorteile. Ansammlungen vor verschlossenen Türen lassen keine Rückschlüsse auf die kommende Unterrichtsstunde zu. Die Schildchen neben den Türen konkurrieren mit Mopeds, Filmen und Genesis. Hin und wieder werde ich gegrüßt. Vorbildhafte Höflichkeit schmerzt mein Gesicht. Ich würde gern schreien. Das würde meine Mundwinkel entspannen. Die vergangene Stunde verursacht ein Ziehen in meinem Bauch. Ich möchte allein sein, heulen und denken. Ich schäme mich, aber das wird keiner verstehen. Neben mir öffnet sich die Tür zur Lehrmittelbibliothek. Fräulein Sanders hält Märchenbücher unter dem Arm. Kinder brauchen Märchen. Fräulein Sanders hat Bettelheim bestimmt nicht gelesen. Pädagogische Intuition. Die geht mir ab. Ich nehme ihr die Tür aus der Hand, sage etwas über die Tageszeit, es kann Guten Morgen heißen. Die Bücherregale verströmen Langeweile. Hundert Englischbücher für sechste Klassen, neben tausend Englischbüchern für siebte und zehntausend Lektüren für ältere. Abwechslung schafft die verschiedene Schichtung. Zweites Brett von oben grün gegen drittes Brett von unten blau. Hier gibt es keine Überraschungen. Hier kann es auch keine Niederlagen geben. Zwischen den Regalen für Latein und Religion sitzt Herr Brenner. Aber nur solange die Pause dauert. Er macht es richtig. Er geht nie ins Lehrerzimmer. Er hält seinen Stuhl hier fest. Das kostet weniger Aufwand. Das Guten Morgen gelingt mir. Herr Brenner hat die Türklinke zur Lehrerbibliothek nicht konfisziert. Ich brauche keine Sesamöffnedich-Beschwörung. Die Tür läßt sich öffnen, ich passe durch und bin endlich allein. Jedenfalls fast. Hinten am Fenster sitzt Herr Schmidt, Schmidt mit dt. Aber der hat es immer eilig. Er wird bald gehen. Mir fällt meine Tasche aus der Hand.

Ein dumpfes Geräusch. Herr Schmidt schaut auf. »Entschuldigung«, sage ich. Der Effekt des Fallenlassens hat nicht geholfen. Ich muß die Tasche geöffnet aus dem Fenster schmeißen. Villon wird mit weit aufgerissenem Erdbeermund an den Fenstern der 10. Klasse vorbeifliegen und Brunftschreie ausstoßen. Die gingen sogar Gregor durch Mark und Bein. Gregor hat den Dolch gezogen, der Villon die Lippe spaltete. Er hat jetzt eine Hasenscharte. Die wird er nie wieder los. Herr Schmidt entstürzt zur Tür, rennt dagegen, rüttelt panisch an ihr herum, bis er begreift, daß er einen Schlüssel hat. »Die Tür zur Lehrerbibliothek ist verschlossen zu halten«, steht da. Schüler haben angeblich eine Vorliebe für belegtes Buch. Cervelatwurst zwischen den Dünndruckseiten der Aristotelesausgabe, Frikadelle im Goethe, Goldschnitt mit Marmelade. Rauchen ist hier verboten. Ich finde meine Zigaretten nicht sofort. Auch das Feuerzeug habe ich verlegt. Dabei kann eine Auseinandersetzung mit dem Hausmeister mir nur guttun. Ich werde als rauchende Erynnie, Streichhölzer in den Haaren, mit Selbstanzündung drohen, wenn er hereinkommt. Aber er kommt nicht. Der Rauch riecht angenehm. Mein Hirn sortiert sich. Ich beginne mich ernst zu nehmen.
Warum habe ich nicht zugegeben, daß Villon bloß vögeln will? Damit ist doch überhaupt noch nichts gesagt. Träumt Gregor nicht selbst davon? Von Händen, die seinen Körper streicheln, seine Haut wärmen, ihn festhalten, ihm ein Lachen schenken? Woher soll Gregor Wörter haben für Erfahrungen, die er nur träumt? Habe ich sie denn? Ist meine Vorstellung von Zärtlichkeit erlebt? Demnach habe ich versucht, meine eigenen Träume mit Hilfe von Gedichten, die ich selbst nicht mache, geschweige denn lebe, meinen Schülern abzuverlangen. Nein, das stimmt so nicht. Ich mache Gedichte und lebe meine Zärtlichkeit. Nicht mit Christian. Meine Zärtlichkeit heißt Jonas. Gibt es Jonas für Gregor? Wird es ihn jemals für ihn geben, wenn ich ihm nicht den Weg dahin zeige?
Ein Schlüssel wird in die verbotene Tür geschoben. Von außen. Wenn es der Direktor ist, werde ich den Bannfluch über ihn schleudern. Dann riecht er den Rauch nicht, und

ich brauche meine Dankbarkeit für die Unterbrechung meiner fruchtlosen Selbstklärung nicht zuzugeben. Lehrer, habe ich gelernt, sollen selbstkritisch sein. Das darf aber nicht Unsicherheit bedeuten. Die nämlich spüren die Schüler. Schüler wollen sichere Lehrer. Die anderen nehmen sie nicht ernst.
Mit forschem Schritt betritt Oberstudiendirektor Helmholtz die Bibliothek. Seine geraden blauen Augen bleiben an mir hängen. Aber ich bin kein Hindernis. Immerhin sitze ich nicht auf dem Tisch. Ihm folgt zackig Oberstudienrat Bantz. Er hat bei Adorno studiert, erklärt er jedem Referendar und achtet auf die Ehrfurcht. Auch mit mir hat er damals seinen Skat ausgereizt. Persönlichkeitstest nennt er das, wenn er unter sich ist. Bis Adorno konnte ich mithalten, aber mehr als einen Nullouvert hatte ich nicht auf der Hand. Seinen Grand baute er auf Carlo Schmid. Er wußte nicht, daß ich mit Abendroth mauerte. Oberstudienrat Bantz kann mir das nicht vergessen. Er ist nachtragend.
Hinter diesen Säulen unseres Gymnasiums wird ein blasser Mensch durch die Tür geschoben. Gebündelte Angst. Seine Augen wirken blind, als hätte er den Sack noch über dem Kopf. Aber der ist längst runter. Er könnte sich mit seinen Händen selbst überzeugen. Sie sind nicht gefesselt. Er scheint es nicht zu wollen. Die beiden Herren hinter ihm kenne ich nicht. Sie vermauern den Rückweg. Die Angst des Delinquenten überträgt sich auf mich. Lehrprobe denke ich. Bevor Helmholtz höflich zu mir wird, räume ich meine Utensilien in die Tasche, stehe auf, rücke den Stuhl an den Tisch und gehe auf die Männer zu. Ich streife den Referendar mit einem beruhigenden Lächeln. Er sieht es nicht. Ich kann nicht unterlassen zu fragen, ob ich die Tür hinter mir abschließen soll. Ein sattes Lachen erklärt mir, das sei doch keine Enklave, ich könne auch ruhig bleiben, allerdings sei es Chemie, uninteressant für Geisteswissenschaftler. Oberstudienrat Bantz wird sich also langweilen. Die Chancen stehen schlecht für den Menschen, dessen Namen ich nicht weiß.
Die Austauschbarkeit dieser Räte fällt in meine Erinnerung. Sie saßen gedrängt um den rechteckigen kleinen

Tisch. Die Stühle waren viel zu niedrig für uns. Hier lasen Kinder Jugendbücher. Die Direktoren, Räte und Leiter wirkten in dieser Sitzhaltung sehr verkürzt. Besonders die Münder. Abwechselnd, manchmal auch gleichzeitig klappten sie auf, paßten ihre Form der Menge von kaltem Buffet an, die die Gabeln zu fassen vermochten. Meine Prüfung hieß Pädagogik. Es sollte die letzte meines Lebens werden. Deshalb war ich ziemlich aufgeregt. Die Schule, an der ich meine zweite Staatsprüfung ablegte, gab sich Mühe um die Referendare. Es war eine kleine, private Anstalt. Mit einer Wirtschafterin. Manche behaupteten, sie sei ein Drachen. Das braucht ein Dementi. Ihr kaltes Buffet zur Beschwichtigung der Prüfer war fabelhaft. Es beschwichtigte in einem Ausmaß, daß ich befürchtete, die Prüfung würde erst fortgesetzt nach vollendetem Kahlfraß. Die Herren richteten sich streng nach der Uhr. Pünktlich wie vorgesehen, wurde die Buffetpause abgebrochen. Seitdem saßen wir an dem Kindertisch, unfähig zu reden, denn das tut man nicht mit vollem Mund. Nur manchmal wurde diese Regel durchbrochen. Wenn der Lateindirektor dem Pädagogikleiter klagend, aber wie immer kultiviert, mitteilte, durch wieviel unbenutzte Lehrküchen man im Gymnasium X gehen müsse, und das nur, um in den Prüfungspausen eine vulgäre Tasse Nescafe zu erhalten. Da mache ja die ganze Prüferei keinen Spaß. Seitdem achtete er auf den Prüfungsort. Der Pädagoge, ein äußerst humoriger, lebensnaher Menschenfreund, fand das so unfreundlich, daß er mit vollem Mund, ein Auge vorsorglich auf den immer noch gefüllten Teller geheftet, etwas von unvorstellbar oder unbegreiflich zwischen dem kalten Braten hervorquellen ließ. Er hätte mich eigentlich schon seit zehn Minuten prüfen müssen. Aber er vergaß zwischen zwei Spargelspitzen und einem feuchtenden Schluck Bouillon die Mahnung für mich nicht. Ich solle doch einen Apfel essen, Vitamin C rege die Denkfähigkeit an, und wir wollten ja gleich. Daß ich keinen Appetit hatte, setzte er voraus. Die Kollegin vom Anstaltsseminar war die einzige, die mit ihren Beinen zurechtkam. Darauf hielt sie die leeren Protokollbögen. Manchmal rutschte ein Blatt. Dann hantierte sie angestrengt mit der Ordnung. Es war das Knie vom Deutschrat, das sie irritierte. Der hatte nicht promoviert und aß deswegen mir und dem Lateindirektor seine Stellung im Ministerium vor. Mit Messer und Gabel. Mit abgewinkeltem kleinem Finger. Die vielen kleinen Häppchen brauchten ein ziemliches Tempo. Dagegen wirkte der Pädagoge behäbig. Nach zwanzig Minuten war der Teller leer. Die anderen wurden schon unwillig. Aber sie wußten jetzt wenigstens, an welchen Schulen sie in Zukunft nicht mehr prüfen würden, wenn es sich verhindern ließe. Kochwürstchen und Kartoffelsalat war das wenigste nach diesem kalten Buffet. Die Papierserviette hing noch an seiner Oberlippe, als der Pädagoge mir die erste Frage nach Humboldt stellte. Mir war der Zusammenhang zunächst nicht klar. Aber ich merkte bald, daß es darauf auch nicht ankam. Ich redete mich durch, denn die Herren waren satt. Das zahlte sich auch für den Rest der Prüfung aus. Es blieb meine letzte. Seitdem sitze ich auf der anderen Seite vom Tisch und habe andere Schwierigkeiten. Die Angst ist deswegen nicht weniger geworden.

Während ich über den Flur zaudere, überlege ich, wie ich das Lehrerzimmer vermeide. Außer der Bibliothek gibt es kein Refugium für Kommunikationsunwillige. Lehrer sollen sich austauschen. Lehrerzimmer sind Stätten für Zeitungsmarathon. Selten trifft man so viele Menschen, die angestrengt ihr Gesicht verbergen. Ohne Zeitung ist ein Lehrer im Lehrerzimmer spähenden Augen schutzlos ausgeliefert. Auch ich genieße meine prüfenden Blicke beim Umblättern. Solche Blicke sitzen genau im Ziel.
Der Flur ist leer. Ich möchte gerne Hickelkästchen auf den Boden malen und kreuz und quer auf Kreideränder springen. Hickelkästchen sind aus der Mode. Abgelöst von Gummitwist. Dazu bin ich nicht sportlich genug. Mich stört mein Busen bei dem Gehopse. Mir kommt zum erstenmal der Gedanke, daß auch ich aus der Mode sein könnte. Ist das der Grund für meinen idiotischen Umgang mit Gregor? Meine Vorstellung von fröhlichen Kindern? Der Anspruch auf Zuwendung, wenn ich ein Kind mag? Mag ich Gregor? Ich bin mir nicht sicher. Ich will ihm beweisen, daß ich stärker bin, daß ich recht habe. Auf die

Idee, daß er von sich eigene Vorstellungen haben könnte, komme ich erst jetzt. Aber die kann ich ihm nicht zugestehen. Es geht mir nicht um Gregor. Gregor ist zufällig. Gregor ist mein Opfer. Ich brauche ihn. An ihm will ich meine pädagogischen Qualitäten beweisen. Ich werde Gregor schaffen.
Nun stehe ich doch vor der Tür des Lehrerzimmers. Ich kann nicht umdrehen. Einige Schüler schlendern durch den Flur und haben mich gesehen. Bis sie auf meiner Höhe sind, habe ich mein offizielles Gesicht gefunden. Ich spüre es an der Strenge meiner Augenwinkel. Die Frage nach ihrer Beschäftigung beantworten sie entsprechend verteidigend. Herr Pohl sei nicht gekommen, sie wollten nachfragen, ob er noch käme oder ob Vertretung wäre. Wenn ich ihnen jetzt erzähle, Herr Pohl sei vor wenigen Minuten samt seinen Kartenständern und Atlanten wegen Überlastung zusammengebrochen, dann tragen sie ihre helle Freude und die glückliche Botschaft mit ungebremstem Krach durch die Korridore in ihre Klasse. Ich erzähle es ihnen nicht. Ich habe keine Lust, Herrn Pohl in der achten Klasse zu vertreten. Ich öffne die Tür. Sonne fällt mir entgegen. Herr Pohl sitzt an seinem Platz und zeichnet. Die Stunde hat vor zehn Minuten begonnen. Mein Verweis auf die Achtkläßler vor der Tür löst tiefe Verwirrung aus. Hastig springt er auf. Herr Pohl ist mir peinlich. Die Kinder rennen los. Ihre langen Gesichter sind ihnen ein Stückchen voraus. Ich schließe die Tür.
Andreas und Frau Pendel haben Unterricht. Die Plätze links und rechts von meinem Stuhl sind leer. Ich würde jetzt gerne mit Andreas reden. Ich schaue auf seinen Plan. Er ist im Haus. Wir haben einen merkwürdigen Stand im Kollegium. Andreas und ich sind aufgefallen. Voriges Jahr bei der Lehrerfortbildung. Sogar der Direktion ist das mitgeteilt worden. Es war im Spätsommer. Lehrerfortbildung geschieht meist in natürlicher Umgebung. Der Konjunktiv machte uns müde. Es war sehr stickig. In der Pause beim Cola-Automaten ließ es sich nicht ändern. Wir vertieften unser Gespräch bis auf den Rasen vorm Haus. Dann sind wir gerannt. Hand in Hand. Bis zum Fluß. Fürs Gras war es zu kühl, schon gar in den nassen Klamotten.

Wir tropften in den Tagesraum, um eine Flasche Wein zu holen. Der Konjunktiv war ins Passiv übergegangen, entnahmen wir dem Gespräch zweier Kollegen aus Südhessen.

Andreas hatte ein Einzelzimmer. In seinem Haus gab es sogar eine Dusche. Ich wartete in seinem Bademantel auf ihn, bis er mir trockene Kleider besorgt hatte. Er war auf Widerstand gestoßen bei meiner Zimmergenossin. Sie fand unser Benehmen unangebracht. Wir seien doch keine Studenten mehr. Andreas hat das zugegeben. »Leider«, hat er gesagt. Mir wurde wieder warm, und der Wein schmeckte gemütlich. Andreas ist ein großer Geschichtenerzähler. Und sehr lustig. Den Abend durften wir auch allein verbringen. Draußen auf der Terrasse. Es setzte sich keiner zu uns. Wir waren sehr fröhlich. Als ich spät beschwipst nach meinem Bett tastete, hatte die grämliche Kollegin nicht mehr mit mir gerechnet. Ihr Koffer lag auf meinem Bett. Es machte ziemlichen Krach, als ich ihn runterstellen wollte. Andreas hat mit Kindern keine Schwierigkeiten. Sie gehen ihn nichts an. Deshalb mögen sie ihn.

Frau Pendel ist doch da. Sie kommt aus der Teeküche, ihr Strickzeug unter dem Arm. »Ich habe auf Sie gewartet«, steuert sie mich an, »Ihre Klasse ist einfach unerträglich.« Auch das noch, als wüßte ich nicht schon längst, daß meine Klasse kaum zu unterrichten ist. Die Disziplinlosigkeit ist Ergebnis der Klassenführung. Aber so deutlich spricht man das nicht aus. Mindestens zweimal in der Woche sollte man den Rowdies eine Predigt halten. Das schafft Zugehörigkeitsgefühl. »Sie leiten die Zehnte doch noch?« fragt Frau Pendel, »oder nicht?« »Doch, ich leite sie noch. Wenn ich Pech habe, bis zum Abitur. Aber bevor wir uns zusammensetzen, hätte ich gern einen Kaffee. Darf ich?« Ich drücke mich in die Teeküche, lasse viel zu viel Wasser in den Boiler. Das dauert länger. Ich warte. Das Wasser beginnt zu tanzen. Ich nehme eine der langweiligen weißen Schultassen aus dem Regal, löffle Pulver hinein, stelle fest, daß der Kaffee zu stark wird, gleiche das aus mit Würfelzucker und bin gespannt, ob noch Wasser in die Tasse paßt. Ich kann es nicht ändern, der Kaffee ist fertig. Ich habe keinen Vorwand mehr, mich dem Gejammer von Frau Pendel zu entziehen. Bis zu meinem Stuhl gelingt mir die Balance. Das macht einen überzeugenden Eindruck. Saubere, nicht beschwapste Untertassen sprechen für sich. Frau Pendel ist Kunstlehrerin. Kein leichtes Fach. Schon gar nicht in der Mittelstufe. »Wir sollten zu gemahlenem Kaffee übergehen«, sage ich, »Nescafe ist nicht gut für den Magen.« »Trinken Sie Tee«, antwortet Frau Pendel, »der bekommt besser.« Ich rühre in meinem Kaffeebrei, konzentriert, sehr aufmerksam. »Also, Ihre Klasse. Ich kann da nicht mehr unterrichten. Gestern, das war der Gipfel. Die Kinder sind ja nicht normal. Das ist mir noch nie vorgekommen. Ich hatte das Gefühl, ich sei im Irrenhaus.« Ich versuche einen Schluck. Es schmeckt scheußlich. Ich brauche Milch. Aber Frau Pendel läßt nicht locker. »Stellen Sie sich vor. Als ich in die Klasse komme, sind sie noch ganz normal. Naja, ein bißchen laut und unruhig. Aber es sind ja Kinder. Wenn ich auch der Ansicht bin, eine zehnte Klasse muß ihre Grenzen kennen.« Wie schaffe ich es, Milch aus der Teeküche zu bekommen. Warte ich noch länger, wird das Zeug kalt. Dann ist es auch mit Milch ungenießbar. »Ja«, sage ich, »das sollte sie.« »Ich bitte also um Ruhe. Der Max ist ja ganz schlimm. Der tut immer so gefährlich. Und ist ja auch zwei Kopf größer als ich. Aber ich kenne den Max schon seit der Siebten. Was war das für ein netter kleiner Kerl. Ein bißchen wild. Aber immer einsichtig, wenn man ihm sagte, was er falsch machte.« »Max ist, wie die anderen auch, in einem schwierigen Alter«, sage ich. »Entschuldigen Sie, ich brauche Milch.« Ich stehe auf und schaue Herrn Leise tief in die Augen. Er verfolgt unser Gespräch über den Rand seiner Zeitung. Frau Pendel hat angefangen zu stricken. Das beruhigt, denke ich und tropfe das zähflüssige Glück kondensierter Kühe in meine Tasse. »Aber Max war heute nicht der schlimmste«, klappert Frau Pendel zwei links, zwei rechts, »der schlimmste war Gregor. Der Junge ist krank.« Sie wechselt die Nadel. »Ich habe die Klasse endlich so weit, daß sie die Albernheiten lassen, und hänge zwei Bilder an die Tafel. Wissen Sie, wir beschäftigen uns gerade mit italienischem Barock. Ich habe da großartige Vergrößerungen von römischen Brunnen. Das Thema eignet sich übrigens ausgezeichnet für fächerübergreifenden Unterricht. Sie haben doch Deutsch und Latein in der Klasse, nicht wahr? Rilke und griechische Mythologie, großartig!« »Ich mache gerade Villon und Horaz«, bemerke ich vorsichtig, »ich glaube, Lyrik habe ich den Kindern gründlich ausgetrieben inzwischen.« Frau Pendel lacht nachsichtig und hält die Nadeln fest. Sie verkrampft sich deutlich. Sie kommt zur Sache. Ich lehne mich zurück. »Gregor«, sagt sie, »Gregor steht plötzlich von seinem Stuhl auf, geht aufrecht mit unbeweglichem Gesicht den Mittelgang entlang auf mich zu. Ich habe noch nie ein so starres Gesicht gesehen. Er geht entlang bis zum Lehrertisch, schaut mich ganz starr an, dreht sich langsam um zur Klasse, die sind ganz verhext, und sagt ganz dumpf ›Mammon‹ oder so was. Ich sage ›Gregor, setz dich hin. Laß den Unsinn‹, aber der dreht sich wieder nur ganz langsam um und fixiert mich mit dem starren Blick. Mir wurde richtig angst. Und dann geht er hinter den Tisch, rückt den Stuhl weg, alles mit diesem Gesicht, steigt auf den Lehrertisch und schreit ›Mammon‹ und bricht auf dem Tisch zusammen. Also, ich sage Ihnen, ich habe einen solchen Schreck gekriegt. Ich schüttle ihn und sage, er soll sich doch hinsetzen, es reicht, das ist nicht mehr lustig, er soll mir nicht die Stunde kaputtmachen, da fangen die anderen an, mit den Händen auf die Tische zu trommeln. Ich schreie, sie sollen aufhören. Aber die denken nicht dran. Gregor fing an, sich komisch zu bewegen, und dann würgte er lauter komische Laute aus sich heraus. Immer wenn er sich aufrichtete. Wenn er nichts sagte, legte er die Stirn auf den Tisch, wie ein Moslem. Und in dem Moment schlugen die anderen immer mit den Händen auf die Tische. Ich habe sie nicht dazugekriegt aufzuhören. Dann habe ich gewartet. Nach zehn Minuten vielleicht war Gregor fertig. Und er erhob sich und ging ganz ruhig wieder an seinen Platz. Er nahm sein Heft raus und setzte sich in Positur wie ein Musterschüler. Keiner hat gelacht, die waren alle todernst. Ich habe dann auch so getan, als wäre nichts gewesen, und habe die Brunnen erklärt. Aber ich sage Ihnen, ich habe noch jetzt eine Gänsehaut, wenn ich daran denke. Der Junge ist verrückt. Gemeingefährlich. Und der steckt die anderen an. Da muß was passieren.« Frau Pendel ist ganz außer Atem. Die Teetasse zittert ihr beim Trinken. Sie bringt ihre Stricknadeln wieder in Startstellung. Ihre weiten wasserblauen Augen fragen in mich hinein.

Gregor der Guru. Ich sehe seinen schlaksigen Körper sich bewegen, seine Stirn die Stelle der Tischplatte berühren, wo mein Villontext gelegen hat. Gregor der Fakir, der mit keiner Wimper zuckt, wenn Frau Pendel ihm die Stricknadel durch die Backen sticht. Gregor der große Zampano, der das Lachen vergessen hat.

Soll ich Frau Pendel fragen, warum sie nicht mitgetrommelt hat? Soll ich sie belehren, daß solches Verhalten für Gregor richtig ist, daß er die anderen nicht verhext, sondern die anderen ihn verstehen, gern selber so wären, ihn akzeptieren, weil er sich die Freiheit nimmt, gegen eine Frau Pendel zu Felde zu ziehen? »Ich werde mit Gregor reden, Frau Pendel.« »Reden, das hilft doch nicht bei so einem Verrückten. Der muß bestraft werden, der kennt doch seine Grenzen nicht. Ich will ihn in meinem Unterricht nicht mehr haben.« »Aber, Frau Pendel. Wenn wir alle Mittelstufenschüler aus dem Unterricht entfernen, in dem sie auffällig werden, dann haben manche nur noch Freistunden. Das ist doch nicht die Lösung. Mit Gregor muß geredet werden. Der Junge ist in einer Phase, wo er nicht weiß, wohin mit sich. Ihn auszuschließen hilft weder ihm noch uns.« Frau Pendel ist enttäuscht. Sie will Genugtuung. Das entschiedene Klappern ihres Strickgeräts läßt daran keinen Zweifel. Ich würge den Rest meines Kaffees in mich hinein und suche verzweifelt nach Wörtern, die keinen Anhaltspunkt geben. »Gregor hat Ihren Unterricht gestört. Daß er Ihnen Angst gemacht hat, braucht er nicht zu wissen. Sie haben sich nichts anmerken lassen, bleiben wir doch bei der Strategie. Nochmal wird er die Show sicherlich nicht abziehen. Jedenfalls nicht bei Ihnen. Ich bezweifle, ob bei anderen. Lassen Sie mich mit Gregor reden. Er soll wissen, daß Sie das nicht hinnehmen. Aber ich würde die Sache runterspielen an Ihrer Stelle. Sonst merkt Gregor, daß er Sie verunsichern kann.

Das spielt er dann aus. Dann doch besser anders herum, oder?« Frau Pendel ist unschlüssig. Sie trinkt den letzten Schluck Tee, stellt die Tasse ab und schiebt sie mit ihrer Verantwortung von sich. »Ich habe Ihnen die Sache erzählt. Sie sind die Klassenlehrerin. Nochmal laß ich das nicht mit mir machen«, entschließt sie sich. »Danke, Frau Pendel. Ich werde am Wochenende nachdenken. Sicher fällt mir was ein. Ich werde auf Sie zukommen.« Frau Pendel hält das Schweigen zwischen uns nicht aus. Sie muß aufs Klo. Das Strickzeug läßt sie mir da. Ich trage die Tassen in die Teeküche, fülle den Boiler. Gleich ist Pause, die ersten Kollegen tröpfeln herein. Mir sitzt ein Kloß im Hals. Ich finde Frau Pendels Geschichte ungeheuer traurig. Schlimm für Frau Pendel, beschämend für mich. Ich habe mich selten so hilflos gefühlt.

Die äußerste Unmöglichkeit besteht darin, in einem Lehrerzimmer zu heulen. Ich nehme meine Zeitung vom Tisch, knicke sie zweimal und trete ans Fenster. Mein Rücken verbreitert sich, ohne daß ich an Größe verliere. Die Ähnlichkeit zwischen Gregors Bleistift und meiner Zeitung versteift meinen Nacken. Ich will meinen Kopf nicht zwischen den Schultern verstecken, ich will aufrecht hier stehen, auch wenn ich den Raum um sein Licht bringe. Ich würde gerne die Scheibe zersingen. Aber ich bin nicht Oskar. Die Glaswand trennt mich vom Hof, mein Rücken vom Innenraum. Ein Butterbrotpapier verpackt die Säule vor dem Musikraum. Tausche Betonsandwich gegen Wurstbrot. Es müßte schon klingeln. Der Kaffeegeruch ist pünktlich. Meine Rückenwahrnehmung funktioniert, riecht den Tee von Fräulein Sanders. Heute Jasmin. Das macht es einfacher. Ich bin gesund.

Das Herausfallen der Kinder erinnert an das römische Theater in Syrakus. Gatter werden hochgezogen. Aus allen Öffnungen stürzt es hervor. Keine Tiere, keine Gladiatoren, hier stürzen Kinder. Keines geht menschlich. Der Vormittag spiegelt sich in Verzerrungen, die nicht die Glaswand hervorbringt. Sie schieben, stoßen, reißen einander ins Freie. Keiner kann, wie er will. Falls er will. Sie zertrampeln die Rosen nicht. Sie reißen den Fahnenmast nicht ein. Sie werden also auch die Glaswand vor mir nicht zerstören. Unten geht Michael vorbei. Er schaut herauf und grüßt. Michael meint das ernst. Ich habe ihn noch nie spöttisch gesehen. Michael macht bald Abitur. Sicherlich ein gutes. Mit seinem Bart auf der Oberlippe wirkt er erwachsen. Er setzt sich auf das Mäuerchen vom Raucherhof und schlägt ein Buch auf. Die Anspannung in meinem Rücken läßt nach.

Kaffeetrinken macht Lärm. Die Glaswand spiegelt die stumpfen Gesichter der einander gegenübersitzenden Lehrer. Die Köpfe sind durchsichtig. Innen blättern sich Bücher um. Fachgebunden, eng bedruckt. Wenn ich sie veranlassen könnte, Kopfstand zu machen, jeder neben seinem Stuhl, auf dem niemand sonst sitzen darf, auch bei Abwesenheit nicht, dann würden die Bücher zuschlagen, sich voll Kaffee schlürfen und die Lehrertoiletten überflüssig. Ob ich mich dann auf den Stuhl von Frau Dr. Ohlberg setzen dürfte, ohne eine Nervenkrise und acht Vertretungsstunden heraufzubeschwören? Würde sich dann Herr Gruber mit mir über seine Tochter unterhalten, ohne mir den Unterschied zwischen alter lateinischer Schule und meinen unsinnigen Methoden klarmachen zu wollen? Draußen bahnt Ganymed sich durch die Kollegen im Fenster eine Gasse. Faszinierte Kindergesichter klären sich hinter der Scheibe. Offene Münder vergessen das Atmen, Hände vereinzeln sich im Gedränge, Körper verfließen ineinander. Die eigentlichen Akteure sind untergetaucht, nicht zu sehen. Ganymed muß sie trennen. Das ist seine Pflicht als Pausenaufsicht. Seine Hand fällt auf einen Nacken, hält sich daran fest. Mit dem linken Ellenbogen rudert er vorwärts. Der Kreis öffnet sich. Obere Mittelstufe, der Größe nach. Ganymed bückt sich, zerrt Max an sich heran, ortet dessen Identität, schüttelt ihn und redet auf ihn ein. Der andere liegt still, ein wenig gekrümmt am Boden. Es scheint Kim zu sein. Ein langsamer Schritt löst Gregor aus dem Kreis der Umstehenden, die verhaltenes Lachen über Max und Ganymed weiterreichen. Gregor steht sehr gerade und allein vor Kim. Er tritt gezielt und kurz. Ich wende mich ab.

Wenn Andreas einen Raum betritt, füllt er ihn aus. Andreas ist immer laut und fröhlich. Er nennt das seine Vitalität. Manchmal ist sie schwer zu ertragen. Er umarmt jeden Freiraum. Auch den von anderen. Bevor er sich das Lehrerzimmer vornimmt, wirbelt er noch einige Schüler aus der Tür, die ihn begleitet haben. Er wirft ihnen die versprochenen Bücher und ein unwiderstehliches Tschüs zu aus drei Schritt Entfernung. Die Mädchen der Oberstufe sind von ihm begeistert. Das tut ihm gut.
Andreas kommt auf mich zu. Die Ernsthaftigkeit seiner Augen hemmt seine Dynamik keineswegs. »Du siehst aus, als müßtest du heute bei mir Kaffeetrinken.« Er legt seine Bewegung um meine Schultern und dreht uns zum Fenster. Die Schüler unten haben sich zerstreut. »Wieviel Stunden hast du noch?« »Latein in der Siebten. Jetzt gleich.« Sein Arm schirmt mich ab. Er hält mich fest. »Schau, die Sonne. Wir werden heute nachmittag spazierengehen. Oben am Turm.« Ich möchte seinen Hemdkragen fassen und die Sonnenflecken aus seinen Augen schütteln. Andreas hat Gischt in der Iris. Der Unverstand in meinem Rücken verkrampft sich. Ich sollte auf den Tisch steigen, barfuß, und von einer Tasse zur anderen Spießrutenlaufen. Aber der Tisch ist lang, so lang und leer wie die Konferenzen, die an ihm stattfinden. »Jawohl, Herr Pohl, Sie vertrottelter Heini, Andreas und ich mögen uns. Verzeihung, Fräulein Sanders, Ihr Tee klebt, aber Andreas und ich haben noch nie miteinander geschlafen. Frau Pendel, nehmen Sie doch den Faden aus meinen Zehen. Ich möchte nicht stolpern. Ich will nämlich Frau Dr. Ohlberg mitteilen, daß ihr Aufsatz über frühkindliche Schädigungen ein einziger epigonaler Brei ist. Sehen Sie, Frau Doktor, jetzt verstehe ich auch Ihre Hysterie. Wie, ich habe eine Tasse ausgelassen? Andreas, bitte wirf sie doch gegen die Scheibe. Die anderen auch, denn die Herrschaften langweilen sich.« Man sollte sie mit den Buchstaben ihrer Zeitungen bekleben und alphabetisch aufstellen. Zum Morgenappell bei Herrn Oberstudiendirektor Dr. Helmholtz. »Aber, aber Herr Bantz, wer wird denn gleich weinen? Sie werden befördert. Bestimmt. Das Kollegium wird Sie einstimmig vorschlagen. Wie wäre es

mit einem Gymnasium im hintersten Vogelsberg? Da merkt vielleicht keiner Ihre Unfähigkeit.« Aber ich bin weder barfuß, noch stehe ich auf dem Tisch. Ich entziehe mich der freundschaftlichen Berührung. »Ja«, sage ich, »ich komme gegen drei. Ich muß noch Besorgungen machen.« Andreas betrachtet mich mit dem Blick eines Krankenpflegers. »Ich brauche dich«, sage ich leise. Ohne zu stolpern, gehe ich zu meinem Platz und nehme die Tasche. Ich hätte es laut schreien sollen. Mitten in den Raum. Oder aus dem Fenster. Ich hoffe, den Satz hat keiner gehört.

Die Stimmung der siebten Klasse dringt mit vereinzelten Sonnenstrahlen auf den Gang. Der Raum liegt nach Süden. Die Herbstsonne arbeitet mir zu. Es ist eine kleine Gruppe. Der Rest lernt Französisch. Mein Eintreten bleibt fast unbemerkt. Hartmut sitzt auf dem Lehrertisch und spielt den Clown. Mit näselnder Stimme überzeugt er sein Publikum von der Attraktivität grüner Haare. Er läßt Herma, ein kleines rotbäckiges Wesen, auf der Suzuki durch die Stadt brausen. Bei Rot hält sie ihre Haare hin. Keine Verkehrsregel ist verbindlich. Herma hat Schmierseife von besonders frischen Limonen im Getriebe und Racke-rauch-zart im Tank. Ich bin einigermaßen erstaunt über dieses kritische Spiel. Ich setze mich auf den nächsten Stuhl, mache ein aufmerksames Gesicht und melde mich. »Ja, Sie«, fragt Hartmut in sein jetzt gespanntes Publikum, »Sie dahinten, was gibt's?« »Ich komme von der Konkurrenz, mein Herr«, nuschle ich, so gut ich kann auf hessisch mit hochdeutschem Akzent, »wir in der Großstadt sind da schon weiter. Unsere Motorräder sind umweltfreundlich. Weingeist und Flüssiggas von Rowenta. Ein paar Spritzer 4711 und dann ...« »Na hören Sie mal, das ist 'ne Mischung für Fahrräder, da können Sie uns doch nicht mit kommen«, schlägt Hartmut mich aus dem Feld. Die Kinder lachen und prusten. Ich mogle mich unauffällig nach vorn, gebe Hartmut feierlich die Hand und sage: »Jetzt laß mich mal.« Hartmut kichert sich auf seinen Platz. Die Kinder sind zu albern für die Formenlehre. Wie sie denn auf dieses Spiel gekommen sind, frage ich.

Deutschunterricht, Reklamesprache, Rollenspiel. Ich habe eine Ansammlung von Vertretern und Käufern vor mir. Dafür braucht man kein Latein. Ob die Römer auch Reklame gehabt hätten, fragt einer. Die Asterixspezialisten klären die Frage umgehend. Ich strapaziere meinen Kopf nach Konsumgütern, die lateinische Namen haben. Dual, fällt mir ein, Quadrophonie, Luxusseife, Vitaquell, Lavamat, Radialreifen. Ich habe die Phantasie der Kinder gewonnen. Angestrengt kramen sie in ihren Köpfen. Die Tafel wird zum Supermarkt. Der verwandelt sich bald in eine Apotheke. Vivimed, Dolviran, Aspirin. Gehwohl paßt nicht, riecht aber gut, zumal es das Fußewaschen spart.

Beim Klingeln sind wir noch nicht fertig. Wer Lust hat, kann zu Hause weitersammeln. Die Asterixexperten beauftrage ich, unsere Produkte auf römischen Reklametafeln anzupreisen. »Vade mecum«, sage ich zu Florian, denn der muß das Klassenbuch wegbringen. »Vale, magistra«, tönen die anderen. Es ist Wochenende.

6

Mein Auto steht da, wo es stehen soll. Die Nummer auf dem Schild stimmt mit der auf der Mauer überein. Mein Auto entspricht nicht meiner Gehaltsgruppe. Aber es ist fast neu und vollkaskoversichert. Das erleichtert die Argumentation. Es müßte gewaschen werden. Gegen den Dreck auf der Scheibe hat die Herbstsonne keine Chance. Ich starte und entschließe mich zu dem kleinen Laden in der Oberstadt. Neben meiner Wohnung. Bis ich einen Parkplatz gefunden habe, droht Geschäftsschluß. Das Bezahlen von Parkgroschen vermeide ich. Ich halte das für Nötigung. Mein Autoschlüssel ist nicht geeignet, die Technik zu überlisten. Das war der Vorteil bei unserem alten VW. Jonas und ich saßen ganz schön in der Klemme, als der Mann uns den Groschen zurückerstatten wollte, den wir gar nicht hineingeworfen hatten. Aber das Geräusch war nicht zu überhören. Wir hatten es eilig. Der Mann war zwei Parkuhren weiter damit beschäftigt, die Zeit zu entleeren. Jonas schaute ihm, mit dem Rücken zu unserer Uhr, interessiert zu. Der Schlüssel paßte soweit in den Schlitz, daß das Uhrwerk in Gang gesetzt wurde. Aber diesmal klappte es nicht gleich, obwohl es gesurrt hatte. Daß es nicht ging, hörte auch der Mann. Daran hatte Jonas nicht gedacht, als er es mir zurief. Der Mann wollte uns helfen. Er schloß die Uhr auf. Parkuhren klemmen eben manchmal. Man muß das Geldstück dann noch einmal hineinstecken. Jonas kramte eilig in der Hosentasche. Aber er hatte keine Münze. Kein Passant bekam einen epileptischen Anfall. Nur das hätte uns genützt. Der Mann konnte den Groschen nicht finden. Er steckte nicht in der Säule. Lag auch nicht unten im Sammelbehälter. Der war leer. Jonas stahl dem Mann die Ratlosigkeit aus dem Gesicht und schenkte ihm dafür ein Lächeln. Der Mann wird das Rätsel nicht lösen können. Jonas ist sehr überzeugend.

Vor der Polizeiwache ist eine Lücke. Ich steige aus und werfe einen kalkulierenden Blick auf die Parkuhr. Sie ist abgelaufen. Ich nicke dem Wachtmeister am Fenster zu, vergleiche die Parkuhr mit der Zeit an meinem Handgelenk. Ein prüfender Blick zum Rathausturm, das wirkt bestimmt. Ich muß mich beeilen.
Die Schlange vor dem Fleischwagen auf dem Markt ist nicht mehr lang. Jetzt gibt es Reste. Aber ich will Hammel. Das Bedauern des Metzgers ist echt. Es geht mir immer zu Herzen. Seine Herzlichkeit überträgt sich auf die Kunden hinter mir. Wünsche nicht erfüllen zu können, empfindet er als persönlichen Fehler. Um ihn zu trösten, lasse ich mir ein Schweinelendchen einpacken. Gerade richtig für zwei Personen. Er verspricht mir ein schönes Wochenende.
Im Konsum ist es noch ziemlich voll. Eine Erweiterung des Geschäfts ist nur in Filialen möglich. Der Geschäftsführer verschüttet seine Devotion. Das tut er, solange ich ihn kenne. Auch Studenten gegenüber. Marie konnte ihn nicht leiden. Sie sah ihn täglich wegen der Brötchen. Bis zum Bäcker zu laufen, war ihr zu weit. Jedenfalls morgens. Das hätte ihr Frühstück verzögert. Seitdem er die Wurst kassiert hatte, haßte Marie ihn.
Die Wurst war aus meinem Fenster gefallen. Marie war wegen meiner Obszönität wütend geworden. Sie hatte ein Paket von zu Hause bekommen. Pakete packten wir immer gemeinsam aus. Es war ein Freßpaket. Mit einer dicken roten Wurst. Ich las gerade Aristophanes. Als Marie die Wurst verärgert auf meinen Schreibtisch legte, imitierte ich Priapus. Marie lebte zu dieser Zeit ohne Karl. Das fiel ihr schwer. Wir hatten darüber geredet. Ich bot mich ihr an. Sie entriß mir mein mythisches Werkzeug und warf es durchs offene Fenster. Gott sei Dank blieb die Gardine hängen. Solche Verpackung hätte eine Identifikation der Wurst ermöglicht. Ich bekam einen Schreck. Ich sah eine freundliche alte Frau zum Laden eilen. Ihr Kopf hielt der Wurst nicht stand. Sie taumelte über den Bordstein vor ein Auto. Das konnte nicht mehr bremsen. Die alte Frau starb. Ihren Hut wollte niemand erben. Der roch so streng. Marie wollte nichts mit der folgenreichen

Handlung zu tun haben. Vorsichtig spähte sie durch die Gardine. Unten war ein Menschenauflauf. Um den Geschäftsführer von nebenan. Eine tote alte Frau sah sie nicht. Man konnte hören, daß die Leute diskutierten, ob die Wurst wirklich von oben gekommen sein könnte. Ich hoffte auf viele offene Fenster. Marie geriet in Bewegung, als es klingelte. Es konnte nur die Polizei sein. Aber es war die Post. Das machte Marie Mut. Sie ging hinunter und stellte sich zu den ratlosen Menschen. Die Wurst war weg. Marie sah den Geschäftsführer in seinem Laden verschwinden. Er war in Verdacht geraten. Marie hat daraufhin wochenlang in dem Laden Wurstwaren geklaut. Wegen der sozialen Gerechtigkeit, wie sie sagte.
Das Sortiment ist im Laufe der Jahre nicht besser geworden. Bestätigend drücke ich verschiedene harte Käseränder. Frischen Käse habe ich hier noch nie gefunden. Ich streife mit gelangweiltem Gesicht an den Regalen vorbei und bin stolz auf meine Technik, meine Konsumbedürfnisse minimal zu halten. In diesem Laden bin ich Jonas zum zweitenmal begegnet. Mitten in den Konservendosen. Jonas hatte mich bemerkt, als ich mich in den Laden einschleusen ließ. Er nahm Anlauf, stellte sich auf seinen Einkaufswagen und vergaß die Balance. Der Wagen nahm seinen Schwung an, steuerte auf die Dosen zu und kippte erst dann, als es sich auch lohnte. Jonas und ich haben die Pyramide wieder hergestellt. Mir war die Situation zuerst peinlich. Jonas hat sich keine Sekunde geschämt. Er hat mir sein Lachen mit Ananas zugeworfen. Wir haben es in den Turm eingebaut. Jonas ging gern in diesem Laden einkaufen. Er erlebte immer etwas. Spätestens an der Kasse, wenn er kein Geld hatte, um herauszufinden, wieweit er vertrauenswürdig wirkte. Eine Zeitlang war er von einer Kassiererin begeistert. Jonas fand immer neue Gründe, um hinunterzugehen. Er ließ sich dann beraten. Der Geschäftsführer dürfte sich überlegt haben, ob er das Sortiment von Zahnbürsten und Salatgurken nicht einschränken soll. Jonas trug alle Variationen des Artikels, den er nicht brauchte, zur Kasse und ließ die Kassiererin wählen. Jonas hatte tausend Fragen. Er hielt den Laden auf. Ich setzte die Fleischfrau dagegen. Die war unbegreif-

lich häßlich, aber schnell. Jonas mußte mir Wurst, Fleisch oder Aufschnitt mitbringen. Das lieferte ihn der Fleischfrau aus. Der war er nicht gewachsen.
Heute sitzt an der Kasse eine ältere Dame. Sie hat einen halbwüchsigen Sohn. Der kommt manchmal nachmittags oder nach der Schule vorbei und dann planen sie den Geschäftsschluß. Der Junge hat hier kein Recht auf den Rücken seiner Mutter. Das Gespräch läuft über die Kunden zwischen den Preisen. Die Vereinbarung klickert mit dem Wechselgeld in die Schale. Der Junge greift nur zögernd zu. Die Kunden sind da entschiedener. Er stört nicht. Das merkt er. Die beiden sorgen füreinander. Mit widerwilliger Zärtlichkeit. Die ist bis Geschäftsschluß am Drehstuhl festgeschraubt.

Der Hausflur riecht lebendig. Über das SALVE ist ein Fahrrad gefahren. Im Briefkasten steckt ein Brief von Marie. Und Rechnungen vergessener Bücher. Die Zeitung liegt obenauf. Ich klemme die Sachen unter den Arm und denke an den Bibliotheksrat. Ich nehme sein Päckchen mit nach oben. Ich weiß nicht, ob Christian heute im Institut zu tun hat. Vielleicht schläft er noch. Ich gehe in die Küche. Die Plastiktüte bleibt nicht ohne Stütze stehen. Ich balanciere sie an einem Stuhlbein aus. Christian hat gefrühstückt. Sein Geschirr steht auf dem Tisch. Ich nehme ihn in seinen Resten zur Kenntnis. Er hat keinen Zettel hinterlassen. Ich kann also nicht mit ihm rechnen. Ich räume die Tüte aus, schichte den Eisschrank, trinke einen Schluck Cola und beschließe zu baden. Ich werde Maries Brief wässern.
Christians Rasierapparat auf dem Spiegelbrett stört mich. Ich versuche, ihn zu übersehen. Es gelingt nicht. Ich lege ihn an seinen Platz. Neben das Parfum. Bin ich überspannt? Das klingt zu vorwurfsvoll. Ich denke an Andreas. Ich werde ihn nachher besuchen. Mich am hellichten Tag auszuziehen hat nach all den Jahren immer noch etwas Ungehöriges für mich. Es könnte ja klingeln. Man muß immer parat sein, tagsüber, hat man mir beigebracht. Bei uns zu Hause wurde nie am Tage gebadet. Erst wenn ich in der Wanne sitze, bin ich entschieden. Es ist immer

wieder ein Protest. Ich gehe nackt in die Küche, schmiere mir ein Brot, hole Maries Brief und die Zeitung. Noch gibt es keine Pfützen. Das Wasser ist angenehm. Ich hätte mir zwei Brote machen sollen. Ich habe Hunger.

Wenn Marie an mich Briefe schreibt, fällt mir die Welt auf den Kopf. Sie pflegt nur Katastrophen schriftlich festzuhalten. Sie würden nicht durchs Telefon passen. Maries Katastrophen sind gewaltig. Ich angle mir die Zeitung vom Hocker, nehme sie sorgfältig auseinander, falte den Inseratenteil zu einem Helm und bin für die Lektüre bereit.

Marie hat Schwierigkeiten mit ihrer Frauengruppe. Das war zu erwarten. Marie hat immer Schwierigkeiten mit den Gruppen, mit denen sie arbeitet. Sie weigert sich, das zu lernen, was man Diplomatie nennt. Marie durfte eine Weile nicht in die Fachbereichsversammlungen, weil sie die Dummheit der Professoren nicht ertrug. Marie beherrschte sich nämlich nur bis zu einem gewissen Punkt. Der war nicht zu berechnen. Jedenfalls löste er eine Explosion aus. Dann erschlug Marie uns alle mit ihren Affekten. Wenn Marie explodierte, liebte ich sie sehr. Aber es half politisch nicht weiter. Im Gegenteil. Marie ist Studienrätin im Ruhrpott, an einem Mädchengymnasium mit Hauptfach Französisch. Am Anfang hat sie sehr gelitten. Dann machte sie sich klar, daß sie nie wieder so schön sein wird wie unter den alten Schachteln in ihrem Kollegium. Irgendwann hat Marie Elsa kennengelernt. Sie haben eine Wohnung zusammen. Elsa scheint unter Maries Unabhängigkeitsbedürfnissen zu leiden. Das war schon immer so bei Marie. Sie weiß sich nicht zu verhalten, wenn sie geliebt wird. Der einzige, der mit ihr zurechtkam, war Karl. Karl, für den unsere Küche ein Fußballplatz mit Bratkartoffeln war. Ich haßte sein Unterhemd, das in besonderer Beziehung stand zum Kofferradio auf dem Küchentisch. Bei uns zu Hause wurde an diesem Tisch in der Hauptsache gebetet und dann erst gegessen. »Komm Herr Jesus...« Karl war sein eigner Gast. Er betete Reportagen. Einmal machte ich ihn darauf aufmerksam, daß er, wie immer, versäumt hatte, Eintritt zu bezahlen. Fans wie er brauchten auf dem dritten Rang

keine Karte, belehrte er mich, im Gegenteil. Der Fußballbund sei auf Leute wie ihn angewiesen. Ich glaubte ihm kein Wort. Warum er sich seine Fitness eigentlich nicht nackt servieren ließe von Marie, fragte ich ihn. Er habe seine Nacktheit Marie geschenkt, lächelte er mir vor. Außerdem friere man zu schnell ohne Trikot. Allein der Schlamm. So ein Fußballplatz ist selten trocken. Ich verstand. Und Marie strahlte, wenn sie ihn mit hausfraulichem Gerät umsorgte. Jonas gestand mir damals, sein größter Wunsch sei ein Schlips für Karl. Rot mit weißen Punkten. Hätte er den über sein Unterhemd geknotet, wäre er vielleicht auch Fußballfan geworden. Jonas hat es Karl aber nie angetragen.
Wenn ich Maries Brief jetzt umblättre, rutscht mir mein Helm ins Gesicht und ich muß ertrinken oder der Brief wird naß und Maries Leid mit Elsa wird mir nur verschwommen zugänglich. Ich nutze den Vorteil ungekachelter Badewannen. Die Ferse des linken Fußes eingeklemmt am äußeren Rand werden viele Bewegungen möglich. Auch solche, die man gar nicht braucht. Um Elsa in Schutz nehmen zu können, lasse ich heißes Wasser nachlaufen. Elsa ist sentimental. Elsa ist romantisch. Elsa hört zu oft Anne Silvestre. Elsa wartet ständig auf Marie. Elsa ist eifersüchtig, aber Elsa ist nicht immer da. Marie hat sich nicht verändert. Elsa wird lernen müssen, immer da zu sein, um von Marie geliebt zu werden. Alles andere ist zuviel. Ihre Gefühle, ihre Ängste, ihre Leidenschaft, Marie, sie selbst. Arme Elsa. Das schaffte nur Karl. Der war immer da. Aber Marie hat nie gewußt, wie es mit dem anderen stand bei ihm. Schließlich hat sie akzeptiert, daß Karl, der immer da war, auch er selbst zu sein schien. Marie hat sich nie von ihm gelöst. Karl hat sie verlassen.
Ich nehme meinen Helm vom Kopf und schöpfe Wasser für meine Haare. Das geht nur einmal. Der Helm löst sich auf. Maries Brief schwimmt am Fußende. Kuli zerläuft nicht. Mein Zeh spießt ihn auf, schwenkt ihn ohne Triumph, die Botschaft ist angekommen, die Sehnsucht Maries hat sich mit meinem Badewasser vermischt. Sie frißt sich in meinen Badeschaum. Ich höre es knistern. Das Telefon klingelt. Ich telefoniere gern beim Baden. Der

Apparat steht in Christians Zimmer. Ich vergesse nicht oft, ihn mit ins Bad zu nehmen.
Das schlürfende Geräusch meines Emportauchens steht noch im Raum, als ich vorsichtig, Helens Stimme am Ohr, in die Wanne zurückfalle. Helen bringt immer Ordnung in mein Leben. Ich gewinne Zeit durch das Kindergetöse am anderen Ende der Leitung, ziehe den Stöpsel heraus und versenke die Brause im Wasser. Ich brauche Wärme ohne Geräusch. Das wird vermutlich ein längeres Gespräch.

Helen und ich sind eine Zeitlang zusammen größer geworden. Sie war schon damals konsequent. Vor dem Abitur hat sie die Schule aufgegeben und einen Beruf erlernt. Das ermöglichte ihrem Mann das Studium. In den letzten Jahren studierte Helen. Sie ist vor kurzem fertig geworden. Trotz der Kinder. Gegen Bürokratien ist Helen allergisch. Sie bekämpft sie erfolgreich mit List. Mit ihrem Sohn Boris gelang ihr eine private Novellierung des Mutterschutzgesetzes, obwohl Boris damals noch nicht rechnen konnte. Dabei bemühten wir uns angestrengt, ihn mit einer renovierten Wohnung auf die Welt zu locken. Auch Jonas und ich taten unser Bestes. Ich strich die Wände, Jonas die Decke. Er tropfte meine Wand voll. Dann auch mich. Jonas fand das witzig. Seine Lust an meiner Lächerlichkeit versetzte mich in Wut. Mein Pinsel auf seinem Kopf machte ihn gelbstichig. Boris aber interessierte sich noch nicht für Farben. Er ließ uns streiten. Nach diesem gescheiterten Versuch begeisterte Jonas Helen für Schlaglochrallyes. Vielleicht würde Boris ein modernes Kind. Das Auto hat durchgehalten. Boris kam gerade noch rechtzeitig zur Welt. Helen verdankte ihm die Waschmaschine und verlängerte Ferien.
Helen fragt nach meinem Abend. Sie will ins Kino. Kino ist bei Helen immer ein Vorwand. Sie hat heute die Reste der ganzen Woche in die Pfanne gezählt. Kino heißt also Essengehen. Ob Christian mitkommt, kann ich ihr nicht versprechen. Helen mag Christian. Mir scheint, ich höre ihn auf dem Flur und rufe nach ihm. Christian öffnet die Tür. Er ist noch im Mantel. Ob er Lust habe, ins Kino zu

gehen heute abend. »Weiß ich noch nicht«, sagt er, das entscheide sich erst im Laufe des Nachmittags. Er will sich mit einigen Leuten treffen. Es geht um das Projekt. Ich verabrede mich mit Helen. Ich werde rechtzeitig da sein.

»Soll ich irgend etwas kochen?« fragt Christian. »Ich habe Hunger.« »Ich habe Salat besorgt, wenn du Lust hast. Saure Sahne steht oben im Kühlschrank.«

Ich bin mit dem Haarewaschen nicht fertig geworden. In der Shampooflasche ist noch ein Rest. Er wird reichen. Christians Häuslichkeit kühlt mein Wasser. Es wird ungemütlich. Ich spüle mir die Seife vom Kopf, halte die Augen fest geschlossen. Mir fällt Herma ein. Ich würde gern wissen, wie Christian reagieren würde, käme ich mit giftgrünen Haaren und rotglühenden Augen aus dem Bad. Mit langen kralligen Nägeln würde ich mich auf ihn stürzen, ihm meine Liebeserklärung in die Haut ritzen und jahrelang bei ihm bleiben, um zu sehen, wie die Gravuren in seiner Rinde sich verwachsen und auseinanderfließen. Ich trockne mich ab. Ich habe das Gefühl, dünner geworden zu sein. Nasse ungekämmte Haare entstellen das Gesicht. Ich habe dazu keine passenden Grimassen zur Verfügung. Sie müßten so sein, daß sie die Häßlichkeit aufheben. Die rechte Augenbraue hochzuziehen, habe ich von meiner Schwester gelernt. Unsere Arroganz hält sich seitdem die Waage. Ich wickle mich in mein Badetuch, baue einen Turban um meinen Kopf und fühle mich klassisch. In dieser Haltung betrete ich die Küche. Christian lächelt meine Handtücher an. Ich gestikuliere mit meiner Befindlichkeit. Ihm fällt dazu Salatöl ein. Natürlich kommt Öl an den Salat, trotz der sauren Sahne. Christian hat sich eine Schürze umgebunden. »Wann triffst du dich mit Apel und den anderen?« frage ich. »Vermutlich heute abend.« »Hast du den Termin mit dem Dekan?« »Nein, noch nicht endgültig. Sie haben sich ganz aufs Verschleppen eingeschossen. Aber ich glaube, wir kriegen das schon hin. Inzwischen interessieren sich schon eine ganze Menge mehr Leute für die Sache. Wie war's in der Schule?« »Ziemlich schlimm. Ich habe mal wieder Mist gebaut in der Zehnten.« »Wegen Gregor?«

»Ja. Ich bin genau an der falschen Stelle ausgeflippt. Anstatt ruhig mit ihm zu reden, habe ich mich provozieren lassen. Aber das lerne ich wohl nie.« Ich rühre meine Unlust in die Salatschüssel und gehe ins Bad, um mir die Haare zu fönen. Ich drücke auf den Knopf, der Fön schießt heiße Luft gegen meine Schläfe. Die Geste ist bedrohlich. Ich mache ein pathetisches Gesicht. Hinter mir steht keiner, der mich auffängt. Aus halb geschlossenen Wimpern beobachte ich die Folgen. Das allmähliche Trocknen der Haare verändert mich. Ich reiße die Augen auf und versuche, die Pupillen zu weiten. Das erfordert Konzentration. Ich banne mich im Spiegel und vergesse, den Fön zu schwenken. Es riecht leicht verbrannt. Die Kopfhaut wehrt sich. Christian ruft mir den fertigen Salat in den Fön. Ich werde sachlich, verfolge meinen Zivilisierungsprozeß ohne Umwege, kämme den Rest in die richtige Richtung und probiere meine Zähne. Sie werden den Salat bewältigen.

Christian hat den Tisch gedeckt. Neben den Salattellern stehen hochstielige Weingläser. Wir erzeugen die Geräusche eines Kaninchenstalles. »Marie hat geschrieben«, sage ich, »es geht ihr nicht besonders.« Christian schenkt mir einen salatgrünen Blick. »Neulich, als sie hier war, schien sie ganz fröhlich«, meint er, »was ist denn passiert?« »Die übliche Beziehungsscheiße. Sie kommt mit Elsa nicht klar.« Christian hantiert umständlich mit dem Salatbesteck. Er kann mit Problemen zwischen Frauen nichts anfangen. Ich weiß das. Ich sollte es akzeptieren. »Ich fahre nachher zu Andreas.« Ausgerechnet jetzt rutscht das Handtuch. Ich habe nicht die Absicht, unsicher zu wirken. »Ist das wichtig?« fragt Christian, »ich dachte, wir könnten den Nachmittag zusammen verbringen. Reden oder Musikhören oder so, jedenfalls irgend etwas Gemütliches. Wir sehen uns zu selten.« Ich begegne seiner Enttäuschung. »Das liegt doch nicht an mir«, weiche ich aus, »ich muß mit Andreas über Gregor reden. Die Kunstlehrerin hat sich heute beschwert. Über die ganze Klasse, besonders über Gregor. Ich habe versprochen, mir übers Wochenende etwas einfallen zu lassen.« »Was hat denn Andreas damit zu tun?« »Im Prinzip gar nichts. Aber

ich habe der Frau versprochen mit Gregor zu reden. Gregor redet aber nicht mit mir. Also muß irgend jemand anderes mit ihm reden. Und Andreas kennt die Mutter. Vielleicht kann er Gregor dazu bringen, daß er sich anders verhält.« »Gregor setzt dir anscheinend sehr zu, wenn du dich auch noch am Wochenende mit ihm herumschlägst.« »Ich finde das Ganze schwierig, weil ich es bin, die es schwierig macht. Außerdem mag ich ihn. Ich fände es schade, wenn er wegen seinem Quatsch nicht in die Oberstufe käme. Das ist alles.« »Mir scheint dein Interesse an dem Knaben übertrieben. Von anderen Schülern hast du dich noch nie so beeindrucken lassen.« »Gregor ist anders als die anderen.« »Pädagogischer Eros, oder?« »Red doch keinen Stuß. Ich halte Gregor für intelligent, und es fällt mir schwer zuzusehen, wie er sich systematisch destruiert. Er hat bei der nächsten Konferenz keine Chance, wenn er jetzt nicht die Kurve kriegt.« »Entschuldige, ich wollte dich nicht kränken. Aber ich sehe dein Gesicht, wenn du von Gregor redest. Und das ist in anderer Weise beteiligt.« »Ich halte Gregor für ungemein sensibel und dementsprechend verletzlich. Ich möchte ihn beschützen.« »Wovor?« »Vor sich selbst. Gregor hat sich Techniken zugelegt, seine Verletzbarkeit in einer Form zu kaschieren, an die er sich gewöhnen könnte. Er stilisiert sich als coolen Johnny. Ich möchte ihn davor bewahren, sich auf diese Weise noch mehr Verletzungen auszusetzen, als er sich ohnehin zufügt.«
Christian trinkt nachdenklich einen Schluck Wein. Er dreht das Glas in den Fingern. Sein Blick wechselt zwischen mir und dem Weinspiegel. »Worüber denkst du nach?« frage ich. »Über dich. Ich finde, die Geschichte mit Gregor verändert dich.« Ich spüre wieder den Kloß im Hals. Was will Christian von mir? Ich habe nicht die Absicht, mich theoretisch zu verflüchtigen. Gregor ist konkret. Ich bin konkret. Das Problem zwischen uns beiden geht Christian nichts an. Ich kann nicht mit ihm darüber reden. »Ich finde, du übertreibst. Gregor macht mir nur besonders viel Schwierigkeiten, deshalb beschäftige ich mich intensiver mit ihm als mit anderen. Das ist der Grund. Im Moment bin ich in der Situation, daß ich

Zusagen gemacht habe an die Kunsterzieherin. Die muß ich irgendwie einlösen. Wie, weiß ich nicht. In den letzten Tagen führt Gregor sich so auf, daß er die Klasse durcheinanderbringt. Das wirkt sich auf andere Stunden auch aus. Und da ich Klassenlehrerin bin, muß ich die Klasse zur Räson bringen. Das muß ich tun in meinem Interesse und im Interesse der Schüler. So lange läuft das Schuljahr noch nicht. Wenn ich das jetzt nicht bremse und den Schülern zeige, wo es lang geht, dann kriege ich die Sache nicht mehr in den Griff, und ich habe das restliche Jahr den Ärger. Also muß ich mir was einfallen lassen. Das ist alles.«

Ich erzähle Christian nichts vom großen Zampano, nichts von dem Gregor, der sich ungeheuer anstrengt, Gedichte nicht wahrzunehmen, der seine Energie verbraucht, um unbeteiligt zu bleiben. Ich erzähle ihm auch nichts von meinen Gefühlen, meiner Wut, meiner Zuneigung, meiner Enttäuschung und meiner Hilflosigkeit. Ich schlucke Gregors Bild mit dem Wein in mich hinein, den ich nicht trinken dürfte, denn ich will zu Andreas fahren. Ich möchte mit Andreas durch den Wald toben, und nicht mit Christian meine Verwirrung zerdenken.

Christians Blick reicht mir seine philosophische Traurigkeit über den Tisch. Sie ist wie ein verhindertes Streicheln, das keine Spuren hinterläßt auf der Haut. Ich möchte ihn in den Arm nehmen. Ich würde es auch tun. Aber ich sitze ihm gegenüber. Ich habe nur mein Handtuch. Seine Gewohnheit würde es mir abnehmen. »Ich verstehe dich nicht«, sagt er und trinkt sein Glas aus. Das hat etwas Abschließendes. Ich gehe in mein Zimmer und ziehe mich an. Es wird Zeit, mein Weggehen aus seinem Nachmittag zu nehmen. Auf dem Weg zur Küche bringe ich das Bad in Ordnung. Ich hole seinen Rasierapparat wieder aus dem Schränkchen und lege ihn zurück auf das Spiegelbrett.

Er sitzt noch immer da in verkrümmter Nachdenklichkeit. Mir fällt nichts ein. Ich nehme seinen Kopf in die Hände und küsse ihm vorsichtig mein Bedauern auf die Lippen. Seine Antwort ist verhalten. Er läßt mich gehen.

»Ich weiß nicht, wann ich zurückkomme. Ich gehe heute abend mit Helen ins Kino, anschließend wollen wir essen.

Ich hole sie gegen acht ab. Wenn du Lust und Zeit hast, kannst du zu Helen kommen oder nach dem Kino in die Hähnchenpinte.«
Christian richtet seine Schultern. Sie bilden meist eine gerade Linie. Er hebt sein Gesicht. Der Mund ist fest, seine Augen haben ein Konzept. Christian hat seinen Tag geordnet. Er wird arbeiten und seine Pläne zielsicher umsetzen. Christian wird Erfolg haben. »Mach's gut«, sage ich, drehe mich um und gehe. Er hat schon längst nichts mehr mit mir zu tun.

Christian bin ich zum ersten Mal zwischen Büchern begegnet. Die Bibliothek war mir vertraut. Ich hatte hier studiert. Das war noch nicht allzu lange her. Bibliotheken sind mir noch nie leichtgefallen. Am meisten hasse ich die Signaturen. Deren Geheimnis zu ergründen, ist mir nur selten geglückt. Bibliotheksluft macht mich krank.
Ich trug die Katalogskarte im Kopf und konzentrierte mich auf den Ruck, der entsteht, wenn die Karte im Kopf auf das Schildchen des Buchrückens paßt. Das Argument, Signaturen seien notwendig für die Ordnung, überzeugt mich keineswegs. Die Ökonomie des Gedankens liegt woanders. In der aufgeklebten Signatur gerinnt das ganze Leben desjenigen, der das Buch gedacht hat. Er wird eingefärbt, mit Buchstaben gestempelt, in Zahlen differenziert. Das erleichtert den wissenschaftlichen Totschlag. Drei Zentimeter Katalog entsprechen dem siebenjährigen Krieg eines ununterbrochenen Vatermordes.
Christian kannte sich aus. Die Haltung seines Rückens entsprach den Büchern in den Regalen. Ich erkannte in ihm den Wissenschaftler. Statt des gesuchten Buches fand ich einen Stellvertreter. Ich fragte Christian nach dem dazugehörigen Menschen. Christian verwies auf sich. Ich hielt ihn als Pappkarte in der Hand, Kennfarbe Blau. Ich mußte lachen, denn ich konnte keine Ähnlichkeit feststellen. Das half ihm beim Lächeln. Seine Bereitschaft, mir das Buch sofort aus seinem Zimmer zu holen, war freundlich. Ich ging hinter ihm her. Seine Schuhe quietschten ein bißchen auf dem Kunststoffboden. Der Seminarwächter

schaute registrierend auf. Dann grüßte er ergeben. Die Huldigungen der Seminarwächter fand ich schon immer bedeutsam. Solches Grüßen macht deutlich, was man von sich zu halten hat. Es befähigt zu menschlicher Herablassung.

Im alten Institut gab es zwei Seminarwächter. Die lösten sich ab. Aber die Zeit hatte sie verfeindet. Sie hatten sich damit abgefunden und vermieden jede Begegnung. Lange Zeit bewahrten sie beim Schichtwechsel ihre Unsichtbarkeit füreinander. An einem Regentag hat es nicht geklappt. Da geschah die Katastrophe. Herr Wendt hatte sich verspätet.

Herr Wendt machte Gedichte, wenn er keine Bücher zu reparieren hatte. Über den Stadtteil, in dem er geboren war. Und über die Leute von früher. Er verteilte sie gerecht. Er konnte nicht Maschine schreiben. Das machten wir für ihn. Wir waren seine Studenten. Die Gedichte waren schön. Am meisten liebte ich das mit dem Kutscher, trari, trara.

Der Leim am Buchdeckel wollte nicht pünktlich trocknen. Es klopfte von draußen an die Scheibe. Es war schon dunkel. Herr Wendt verließ seinen Tisch, um nachzusehen, wie es seine Pflicht war. Er öffnete das Fenster und konnte dem Regenschirm nicht entgehen. Wahrscheinlich war er auch zu erstaunt. Der Schirm schob sich immer wieder neu in die Helligkeit und tropfte laut auf den Kopf von Herrn Wendt. Es war das einzige Geräusch. Wir hatten aufgehört, die Seiten umzublättern. Dann schrie Herr Wendt.

Die Bibliothekarin hatte genug Pflaster, um den kleinen Rissen in Herrn Wendts Glatze die angemessene Bedeutung zu geben. Es handelte sich um echte Körperverletzung. Viel schlimmer war, daß Herr Wendt sich seines Unrechts vollkommen bewußt war. Der andere Herr bezog schweigend seinen Arbeitsplatz. Er hat nie ein Wort über diese Angelegenheit verloren.

Christians Wichtigkeit im Institut war damals noch dreigeteilt. Heute stehen nur noch zwei Schreibtische in seinem Zimmer. Er bot mir einen Sessel an. Es roch nach Pfeife. Einen Aschenbecher konnte ich nicht entdecken.

Christian fragte nach meinen Absichten mit dem Buch. Ich erzählte von meinen Bemühungen in der Arbeitsgruppe. Pädagogik. Das interessierte ihn. Er hatte davon gehört. Christian wollte die Lehrerausbildung verändern. Mehr praxisorientiert. Schon im Studium. Aber die Bereitschaft, ganze Gruppen mit in den Unterricht zu nehmen, sei bei Lehrern gering. Da schiene doch eine Menge Angst mitzuspielen. Ich stellte ihm Studenten in meinem Unterricht vor. Interaktion in der Klasse. Ein angemessener Titel für meinen Deutschunterricht in der Mittelstufe. Zunächst würden die Besucher auf die Stühle plaziert, die höfliche Neuntkläßler hinten an die Wand gerückt hätten. Nach einer kurzen Einführung in den Stand des Unterrichts würde ich vorführen, wie konzentriert so eine Stunde abläuft. Keins der Kinder würde mitarbeiten. Alle würden Schule spielen. Oder sich produzieren. Einer normalen Unterrichtssituation entspräche das jedenfalls nicht. Dabei könnten Studenten nichts lernen. Außer daß Unterricht so nicht passiert.
Christian folgerte daraus, daß diese Gruppen den Unterricht kontinuierlich begleiten müßten. Dann würden sich alle Beteiligten daran gewöhnen. Das bedeute allerdings einen außerordentlich gut vorbereiteten Lehrer und eine anschließende Freistunde. Was ich Rechtfertigung nannte, bezeichnete Christian als Aufarbeitung der Stunde. Das würde sicherlich am Deputat scheitern. Freiwillig macht das kein Lehrer. Natürlich müßte das Projekt von irgendwem finanziert werden. Wenn man das Ministerium dafür interessieren könnte, würden die Schulen beauftragt, das Modell durchzuführen.
Wir steckten mitten in der Diskussion und waren beide sehr engagiert. Meine Lehrerausbildung war mir noch deutlich präsent. Ich konnte vergleichen und Beispiele bringen. Christian mußte sie glauben, denn er war nie in der Praxis gewesen. Er hat nur als Zuschauer Erfahrungen gesammelt.
Nach diesem Gespräch hat Christian regelmäßig an den Abenden des Arbeitskreises teilgenommen. Ich fand ihn sehr belesen und bewunderte sein Geschick, Probleme vorweg zu denken. Wir übernahmen die Dokumentation.

Irgendwie ergab sich daraus unser Zusammenleben. Wir arbeiteten oft bis in die Nacht. Es lohnte sich nicht, dann noch nach Hause zu gehen.
Christian ist sehr zuverlässig. Nicht nur in seiner Arbeit. Er liebt mich mit der ihm eigenen Gründlichkeit.

7

Die Sonne scheint noch. Andreas rechnet mit meinen Verspätungen. Sie vermindern nicht die Qualität seines Kaffees. Andreas wohnt zwischen Steinen. Das Verlassen des Autos ist ein Geschenk für die gleichförmigen Terrassen. An Samstagnachmittage haben die Architekten nicht gedacht. Vielleicht sollte ich durch die Heckklappe aussteigen oder unter dem Wagen durchkriechen und auf der Seite des Beifahrers in Erscheinung treten. Das würde den Leuten hier helfen. Aber ich habe keinen Beifahrer. Also steige ich vernünftig aus und schließe die Tür ab. Ich reflektiere die Sonne in einer Scheibe. Das Kindergesicht dahinter strahlt ohne sein Zutun.
Andreas schließt seine Wohnung nie ab. Er legt es darauf an, jemand Unbefugten kennenzulernen. Er interessiert sich für distanzlose Menschen. Das baut ihn auf. Das legitimiert seine Fragen. Der herbe Flur zieht in meine Haut. Andreas liest Zeitung. Neben sich ein Cognacglas. Noch schöner zu wohnen, wird ihm nicht gelingen. Eine merkwürdige Mischung aus alten Schränken und Schleiflack. »Hallo«, steht er auf, »ich möchte gleich mit dir raus hier. Den Kaffee trinken wir später. Du mußt an die Luft, sonst steckst du mich an.« Er schiebt den Rest seines Cognacs an die Tischkante. Ich kenne diese Geste. Sie ist Ersatz für den Türschlüssel. Während er sich seine Jacke anzieht, trinke ich das Glas leer. Mir wird herbstlich. Ich folge Andreas in den Flur. Wir treffen uns im Spiegel. Andreas legt seinen Arm um mich. »Wir sollten heiraten«, sagt er in den Spiegel. »Wenn wir uns nichts mehr zu sagen haben, stellen wir uns einfach hier hin und bewundern uns. Wir sind ein schönes Paar.« Ich schiebe ihn zur Tür. »Laß deine Albernheiten, erzähl mir lieber, wieso du heute allein bist.« »Das liegt an meiner schönen Seele«, sagt er, »ich habe sie in der letzten Woche nicht gründlich genug poliert. Nun vereinsame ich, denn Marion liebt den

Glanz.« »Habt ihr Knies?« »Nein, viel schlimmer.« Mit den Händen steckt er seinen Ernst in die Jackentaschen. »Wir sind mittlerweile beim Grundsätzlichen, und ich habe das nicht einmal gemerkt.« Er schließt seinen Wagen auf, steigt ein und öffnet mir von innen. Ich setze mich neben ihn. Das macht ihn diensteifrig. Er hastet um den Kühler. Mir fällt auf, daß ihm die Mütze fehlt. Er landet gerade noch rechtzeitig an, um meine Tür zu schließen. Den Rückweg nimmt er am Kofferraum vorbei und wirft sich schwer atmend hinters Steuer. Ich nehme ihm sein Spiel weg, steige aus, betone meinen Gang vor der Frontscheibe, öffne seine Tür.

»Rutsch mal.« Andreas prüft einen kurzen Moment mein linkes Auge, entknickt sich und schiebt sich auf meinen Platz. Er hebt die Tür vorsichtig ins Schloß. »Du brauchst nicht den Kasper zu spielen«, sage ich. »Ich habe nicht vor, deine Seele zu trösten. Ich kenne deinen Abwehrzauber.« Ich beuge meine Lippen an sein Ohr. Andreas entspannt ein bißchen und legt mir sein Einverständnis auf die Schulter. Seine Hand ist warm. Ich starte den Wagen. Er ist viel zu groß für mich. Andreas schwitzt innerlich, aber verborgen. Ich holpere vom Parkplatz, frage nach dem Winker. Andreas hat ein sehr persönliches Verhältnis zu seinem Wagen. Die Erleichterung am Ende meiner Fahrerei wird ihn fröhlich machen. Ich brauche seine Fröhlichkeit.

Die Spaziergänger haben uns die Farben dagelassen. Wir schleifen unsere Füße durchs Laub. Wir haben ein gemeinsames Geräusch. Jonas fürchtete sich vor dem Wald. Er fühlte sich nicht sicher vor den hohen Bäumen. Nur im Auto. Die verbotenen Forstwege zogen ihn an. Er jagte auf ihnen das Einhorn. Verbotene Wege zu fahren und nicht erwischt zu werden, nannte er sein Abenteuer auf dem Festland. Wenn Jonas an einer Kolonne Waldarbeiter vorbeikam, beugte er vor. Er hielt an und fragte nach dem neuen Förster. Albrecht sollte er heißen. Der sei vor kurzem erst in dieses Revier versetzt worden. Er, Jonas, habe geschäftlich mit ihm zu tun. Förster Albrecht müßte hier irgendwo sein. Das habe seine Frau gesagt. Keiner

konnte Jonas Auskunft geben. Er hatte gewonnen. Niemand hinderte seine Jagd. Dazu gehört List. Er hat es bewiesen.
Gefällte Bäume gefielen Jonas. Sie gehörten zur Geschichte von Kirlipi. Der war kleiner als ein Grashalm und hatte sich in den Kopf gesetzt, in Baumwipfeln zu wohnen. Ohne Steigeisen. Er dachte sich an den Stämmen empor. Immer wenn Jonas im Wald war, war Kirlipi auf der Suche. Er wanderte unstet im Moos umher. Deshalb mußte man vorsichtig sein mit den Füßen. Ihm war nämlich klar geworden im Laufe der Zeit, daß sich nicht jeder Baum eignete. Viele hielten seinem Denken nicht stand. Sie fielen um. Das machte den Wald so gefährlich. Dennoch würde keiner ihn hindern können, von der einen oder anderen Spitze herunter zu singen, was immer er wollte.
Die Geschichte Kirlipis hat Jonas mir vom Söller des Turmes herunter gepredigt. Er verschwand im Eingang und brauchte sehr lange, bis er oben war. Er trat aus den Steinen, sprang auf die Brüstung und breitete die Arme aus. »Hört das Geheimnis von Kirlipi«, forderte er zu mir herab. Ich saß auf dem Geländer und probierte mein Gleichgewicht. »Kirlipi braucht keine Treppen. Ihr Menschen, die ihr seit Jahrtausenden das Denken übt, hört: Kirlipi denkt sich empor! Schreitet durch den Schacht dieses dunklen Turmes und ihr erfahrt, wie kläglich ihr seid. Angst wird euch befallen, die Augen zu schließen. Angst wird euch zwingen, das Geländer zu ergreifen. Eure Füße werden schleppend die Kanten der Stufen ertasten. Ihr armseligen Sterblichen! Versucht, euch an diesem Turm emporzudenken, und ihr fallt die Wendeltreppe herab in den Abgrund. Eure zerschmetterten Schädel werden sich öffnen, aber kein Gedanke wird herausfließen. Euer Hirn wird höchstens den Versuch eines Gedankens entlassen. Das nennt ihr Seele. Kirlipi aber denkt sich empor. Das ist das Geheimnis. Er überdenkt das Denken und wird auf der Spitze des Alls sich wiegen, der Wind wird ihn umfächeln, den Horizont wird er atmen. Kirlipi wird die Weite erfahren. Er wird der einzige sein, der die Freiheit kennt.«

Jonas nahm seine ausgebreiteten Arme an sich, stieg mit einer großen Bewegung von der Brüstung und verschwand in der Mauer. Er kam nicht wieder zum Vorschein. Ich ging ihn suchen. Er saß in der Mitte des Turmes auf einer Steinstufe, den Kopf auf den Knien geborgen. Ich überließ ihm meine Wärme. Sie machte ihn wieder lebendig. Er nahm mich bei der Hand und führte mich zurück auf den Söller. Vor uns lag die Stadt, in der wir lebten. Jonas verschenkte sie an mich. Ich wußte, daß es ein leichtes Geschenk für ihn war. Er hat diese Stadt nie haben wollen.

Andreas' Gesicht ist sehr innen. Sein Mund verrät Marion. Seine Füße haben mit dem Weg nichts zu tun. Ich schubse ihn. Eine Laubwolke wirbelt seine Knie in den Graben. Andreas wacht auf. Ich renne. Es ist nicht leicht, die Sonnenflecken auf dem Weg zu treffen. Die Bäume verschatten sie. Unregelmäßig. Das hält mich nicht auf. Andreas schickt Laubfahnen hinter mir her. Ich bin schneller. Andreas bückt sich. Er lädt sich die Arme voll Blätter. Seine Hände reichen nicht aus. Ich bin schon ziemlich außer Atem, als er mich erreicht. Das Laub rieselt auf mich nieder. Ich niese in den Herbst. Andreas schaufelt ihn über mich. Vor meinen Augen ziehen sich Linien von tiefem Rot. Es staubt. Ich werfe Andreas den Herbst zurück. Wir fegen den Wald. Andreas mag keine Jahreszeiten um seinen Kopf. Er läuft davon. Geradeaus, immer auf dem Weg. Ich wate im Graben hinter ihm her. Der Herbst wächst von unten an mir empor. Ich lasse mich fallen. Andreas kehrt um, beugt sich über mich, deckt mich zu mit dem Herbst. Er ist warm und riecht nach Erde und alten Bäumen. Wenn ich schnell die Augen öffne, sehe ich manchmal ein bißchen Sonne. Ich liege ganz still. Es raschelt. Auf mir wachsen Bäume, unter mir leben die Füchse und Hasen. Käfer krabbeln um mich herum. Ich atme vorsichtig ein. Ein Blatt legt sich mir quer vor den Mund. Es läßt sich nicht wegblasen. Ich forme eine Röhre aus meiner Hand. Sie fängt die Luft ein. Andreas verhält sich in der anderen Welt ganz still. Vielleicht ist er gegangen. Ich fühle die Sonne nicht mehr. Mein dumpfester Ton fragt nach ihm. Eine Hand schiebt sich durchs Laub. Tastet nach mir. Ich halte sie fest, ziehe mich an ihr heraus. Andreas schaut mir mit aufmerksamen Augen ins Gesicht. Mit einem Finger fährt er mir über die Nase. Ein Lächeln zieht Falten um seine Augen. Er steckt seinen Zeigefinger in den Mund, feuchtet ihn an, zeichnet damit Linien in mein Gesicht. Es fühlt sich an wie abstrakte Malerei. »Du bist ganz schwarz«, sagt Andreas, »du hast den Herbst im Haar.« Seine Fingerspitze fährt über meine Lippen. Andreas beugt sich zu mir und küßt mich. »Du schmeckst nach Wald«, sagt er. Meine Hände wischen seine Zeichnung aus meinem Gesicht. Ich setze die Füße voreinander, blinzle in die Sonne, spüre ihren Schmerz in meinen Pupillen. Andreas' Zärtlichkeit hat mich verwirrt. Ich möchte ins Licht. Mittenhinein, um schließlich als schwarzer Tropfen auf seinen Schreibtisch zu fallen. Irgendwann würde er mich dann mit seinem Radiergummi verwechseln.

Vor uns liegen Jonasbäume. Einer über dem anderen. Die langen Enden wippen. Andreas balanciert auf ihnen herum und macht Faxen. Frau Pendel steht ihm gut. Andreas kann einbeinig stricken. Ich schaue ihm zu und hoffe, daß er bald fällt. Ich will mich von seiner Fröhlichkeit nicht anstecken lassen. Mir ist ernster. Sein Abrutschen würzt er mit einer komischen Geste. Der kann ich mich nicht entziehen. Das Lachen in meinem Hals will heraus. Andreas spielt sich glücklich. Unbeirrt klettert er wieder auf seine Bühne. Mit abgezirkeltem Gang strebt Oberstudiendirektor Helmholtz dem anderen Ende des Stammes entgegen. Helmholtz bekommt sogar Töne. Oberstudiendirektorentöne. Sein brustiges Gelächter stört den Wald. Andreas hält erschreckt ein. »Aber, aber, meine Damen und Herren«, dröhnt er, »lügen wir uns doch nichts in die Tasche. In dieser Klasse hat unsere Pädagogik versagt. Ich selbst unterrichte da natürlich nicht, deshalb könnte ich mir denken, daß man vieles ändern muß. Machen wir uns doch nichts vor, wir haben zu lange gezögert. Jugendliche in dem Alter brauchen eine starke Hand.« Andreas pendelt in die andere Richtung. Das Strickzeug fällt ihm erst

nach dem Umdrehen ein. »Herr Direktor«, krächzt er im Stimmbruch, »wie soll man sich denn noch durchsetzen? Die Kinder bringen die Aufsässigkeit doch schon von zu Hause mit. Da sagt ihnen doch niemand, was richtig ist. Wenn ich auf den einfachsten Regeln guter Erziehung bestehe, dann lachen die doch bloß.« Der Baumstamm ist in Bewegung geraten. Andreas kämpft um den Einklang seiner Phantasie. »Frau Kollegin«, springt er auf den Stamm daneben. Der liegt etwas fester. »Man muß Inhalte dagegen setzen. Ich selbst mache es mit Autorität. Wenn man als Pädagoge hinter dem steht, was man von den Jugendlichen verlangt, dann machen die das auch. Die wissen nämlich ganz genau, wo was geht und wo nicht.« Das sollte wohl Ganymed sein. Andreas hat die Gangart nicht getroffen. »Die Erwartungen, die man in seine Schüler setzt, werden nur dann erfüllt, wenn man nicht ein Jota von ihnen abweicht.«
Das Spiel ist aus, Andreas ist ins Rutschen geraten. Er landet kurz vor mir auf dem Boden, zieht mich neben sich auf den Baumstamm. »Was war los heute morgen? Du sahst verdammt unglücklich aus. Und als ich die Pendel sah, die verbissen an ihrer wollenen Unterwäsche rumstrickte und immer zu dir hinschielte, dachte ich, du hast es mit ihr.« »Stimmt. Die hat sich bei mir beschwert. Die Zehnte hat sie verschaukelt. Gregor hat sie besonders auf dem Kieker. Sie ist wild entschlossen, ihn nicht mehr zu unterrichten. Ich habe versucht, das alles herunterzuspielen. Aber die wird nicht lockerlassen, denn sie hat Angst. Und ich habe ihr versprochen, mit Gregor zu reden. Das Problem ist nur, daß Gregor nicht mit mir redet.« Andreas lacht. »Das sieht ihm ähnlich. Wenn der sauer ist, dann geht da kein Weg mehr rein. Was hast du ihm denn angetan? Er mochte dich eigentlich ganz gern. Hat er jedenfalls mal behauptet.« »Ich habe ihn neulich in seiner Mannesehre gekränkt. Und als ich das ausbügeln wollte, hat er mich abfahren lassen. Seitdem verweigert er die Mitarbeit oder provoziert mich. Ich falle jedesmal darauf rein und gehe hoch.« »Kann ich verstehen. Provokationen sind seine Spezialität. Bei mir hat er das ziemlich lange auch gespielt. Damals als ich mich von Barbara trennte.

Gregor mochte mich sehr gern und sah wohl so was wie seinen neuen Vater in mir. Daß ich jetzt mit Marion zusammen bin, hat er mir sehr übelgenommen. Doch Barbara hat die Trennung auch als Erleichterung empfunden, und Gregor fängt an, den Zustand zu akzeptieren. In der letzten Zeit bin ich allerdings nur noch selten dagewesen. Aber was hat er denn konkret gemacht, daß die Pendel so aufgebracht ist?« »Er hat den großen Manitu angebetet. In ihrer Stunde. Mit ziemlichem Brimborium. Der Rest der Klasse hat mitgespielt, und die Pendel hat gepanikt. Sie ist überzeugt, daß Gregor ernsthaft psychisch gestört ist. Wenn sie damit in der Konferenz kommt, sehe ich für Gregor schwarz.« Andreas schmunzelt. »Sag mal, du magst den Jungen, oder?«
»Ich weiß es nicht. Das schlimme ist, daß ich inzwischen auch finde, mit Gregor stimmt irgend etwas nicht. Als du heute ins Lehrerzimmer kamst, war auf dem Hof eine Prügelei zwischen Max und Kim. Gregor stand daneben. Und als Ganymed sich Max geschnappt hatte und auf ihn einredete, lag Kim noch auf dem Boden und demonstrierte seine Verwundung. Gregor hat ihn getreten. Einfach so. Er hat dabei keine Miene verzogen. Das fand ich schlimm. Mir ist schon klar, daß er sich irgendwie abreagieren muß. Es kostet ihn sicherlich viel Kraft, so beherrscht, so cool zu bleiben, wie er sich das vorgenommen hat. Irgendwo muß das raus. Aber so? So kalt und gezielt?«
»Wenn man dir zuhört, kann einem ganz anders werden. Du hast ganz schön die Distanz verloren.« »Ich hatte Gregor heute in der ersten Stunde. Er liest weder den Text, noch läßt er sich auf irgendein Gespräch ein. Gut, ich weiß, das geht gegen mich. Schließlich habe ich mühselig einen Villontext soweit, daß die Schüler eine ungefähre Ahnung bekommen, was ein Gedicht ist, da platzt Gregor dazwischen und fängt demonstrativ wieder von vorne an. Du kennst den Text. Einer von denen, die Zech selbst gedichtet hat. Aber darum ging es nicht. In dem Band steht er halt unter Villon. Ich wollte den Schülern klarmachen, daß es ein Unterschied ist, ob man sagt ›Ich bin so wild nach deinem Erdbeermund‹ oder ob man sagt ›Ich will dich vögeln‹.«

»Du bist ja ganz schön kühn. Sexualkundeunterricht muß von der Schulleitung genehmigt werden. Meine Liebe, Sie mißbrauchen die hohe Literatur!« Ich nehme Andreas das Albern weg. »Gregor jedenfalls mußte unbedingt am Schluß der Stunde feststellen, daß Villon halt doch nur vögeln wollte. Das war sein einziger Beitrag. Und da ist bei mir die Sicherung durchgebrannt. Ich habe viel zu scharf reagiert.« »Hast du dich eigentlich schon mal gefragt, welche Rolle Gregor für dich spielt?« »Ich mich nicht, aber Christian.« »Und?« »Ich bin Gregor gegenüber ambivalent. Ich weiß nicht, ob ich ihn mag oder nicht.« »Mach dir doch nichts vor. Du weißt genau, daß Gregor dich heftig tangiert. Du brauchst dir doch bloß zuzuhören. Du gibst dir zwar alle Mühe, distanziert über ihn zu reden. Aber das stimmt doch nicht. Das sind doch Rationalisierungen. Du magst ihn sehr und willst dir das nicht eingestehen. Warum eigentlich nicht?« »Ich glaube nicht, daß mein Interesse an ihm überdimensional ist.« »Jetzt blockst du schon wieder ab. Warum denn soviel Trotz in der Stimme? Wenn eins deutlich ist, dann doch dein heftiges Engagement. Warum machst du denn alles falsch bei ihm? Ist dir das bei einem anderen Schüler schon einmal passiert?« »Nein. Mir ist auch noch kein anderer Schüler begegnet wie Gregor.«
Andreas läßt mich mit diesem Satz allein. Gregor steht zwischen den Bäumen und fordert das Eingeständnis meiner Zuneigung. Seine Augen warten. In meinem Körper ist wieder das Ziehen. Gregor besteht auf meiner Selbstaufgabe. Aber ich liebe nicht da, wo ich nicht wiedergeliebt werde. Ich setze mich nicht aus. Ich bin Lehrerin. Gregor wird mich nicht leiden lassen. Kein Schüler wird das.
»Persönliche Gefühle«, sage ich zu Andreas, »kann ich mit meinem Beruf nicht vereinbaren.« Das klingt hölzerner als die Bäume um uns herum. Andreas steht auf. »Du steckst schon mitten drin. Du wirst ehrlicher mit dir werden müssen oder den Beruf wechseln. Gregor mag dich. Sonst würde er nicht so einen Aufwand betreiben. Ich könnte mir vorstellen, daß er spürt, daß du dich nicht lieben lassen willst. Deine Abwehr wird dich immer wieder in diese Art

von psychischem Kleinkrieg verwickeln. Du kannst doch nicht unterrichten oder gar erziehen, ohne dich persönlich, samt deinen Gefühlen dabei einzubringen. Ich kenne doch deinen Unterricht. Da stehst doch du im Raum und nicht die Pädagogin XYZ.«
»Ich glaube, ich halte diesen Job nicht aus«, sage ich. »Wenn man sich einläßt, wirklich einläßt, geht man kaputt. Da stößt man doch auf lauter Widersprüche. Das weißt du genauso gut wie ich.«
Andreas schweigt in die untergehende Sonne. »Ich möchte Kaffeetrinken«, antwortet er. Meine Traurigkeit wirft einen langen Schatten auf den Weg. Kaffee ist eine gute Idee. Sonnenuntergänge machen sentimental.

Wir gehen den gleichen Weg zurück. Ich versuche, die Farben wiederzufinden, die ich hier zurückgelassen habe. Jemand hat sie mitgenommen. Lange Schatten vergittern den Weg. Dazwischen die roten Bahnen der Sonne. Ich bleibe in einem Strom von Purpur stehen, verschatte die Gitter. Andreas nimmt meine Hand. Sein Gesicht ist dunkel. Dann brennt auch er. Es paßt nicht zusammen. Ein purpurner Mann und eine schwarze Frau. Eine purpurne Frau und ein schwarzer Mann. Andreas hält mich an den Schultern, balanciert mich aus. »Jetzt stimmt es«, sagt er, »dein linkes Gesicht flammt, rechts strahlst du Schwärze.« Er steht mir gegenüber. Die schwarze Hälfte beugt sich der purpurfarbenen entgegen, die Berührung ausschließlicher Farben. Meine Entsprechung ist fühlbar. Wir sind ein Märchen mit schlechtem Ausgang. Die sind selten.
... und als er sie hundert Jahre geliebt hatte, verschwand er. Sie wanderte durch die Welt, um ihn zu suchen. Doch sie vermochte nicht, ihn zu finden, weil er ihr nahe war. Er wohnte in ihr. Da begann eines Tages alle rote Farbe an ihr zu sprechen in seiner Sprache ...
Den Turm lassen wir stehen. Wir haben beide keine Lust mehr, unsere Stadt nach uns abzusuchen und uns wiederzufinden, da wo wir gar nicht sein können. Andreas hat das Sprechen verlernt. Er steuert seinen Wagen ausgeglichener als ich vorhin. Die Spaziergänger sind vor uns in

der Siedlung angekommen. Wir überfahren keinen. Sie dürfen alle ihren Kuchen essen, wie sie es sich vorgenommen haben.
Andreas geht sofort in die Küche. Das Atmen zwischen uns ist belastet. Ich öffne die Balkontür, schaue in den Samstagnachmittag. Vielleicht kommt ein Auto. Eins, das ich noch nie gesehen habe. Oder Christian mit rosa Nelken, um mich nach Hause zu holen. Christian, der ein Gefühl dafür hat, wie überflüssig Traurigkeit ist. Er würde mich mit einem Gespräch über die Ursachen ablenken. Er würde mir Klarheit verschaffen. Das wäre entlastend. Aber Christian kommt nicht. Ich muß mit Andreas selbst fertig werden.
Der Duft des Kaffees macht die Welt um einiges realer. Andreas pfeift. Er scheint sich wiedergefunden zu haben. Vielleicht auch seine Sprache. Ich schenke mir einen Cognac in sein Glas. Das macht meinen Bauch warm. Ich gehe in die Küche. Hier sieht es aus wie auf einem Schlachtfeld. Gestern scheinen Gäste dagewesen zu sein. Andreas hat eine Vorliebe für Kochfeten. Kreatives Kochen nennt er das. Jeder der will, darf es versuchen, allerdings ohne Rezept. Das ist Bedingung. Es gilt, aus dem, was da ist, ein Menü zu zaubern. Es muß schmecken, darf noch nie dagewesen sein und nicht allzu lange dauern. Die es essen, müssen herausbekommen, was sie essen. Das erzieht zu gutem Geschmack und macht Spaß. Gelingt es nicht, einen passenden Namen zu finden, hat der Koch gewonnen und darf den bestimmen, der spült. Offensichtlich haben gestern abend die Gäste gewonnen.
Andreas hat neben der Kanne ein Magazin liegen. Er blättert darin, während sich das Wasser durch den Filter quält. Motorräder. Andreas ist Motorradfan. Sein Traum ist eine BMW, ein schwarzer Helm, ein schwarzer Lederanzug und das Gesicht von Paul Newman. Das wird ihm nur zum Teil gelingen. Andreas würde als Hornissenmann durch die Straßen brummen und alle Frauen retten, die ihm begegnen.
Andreas behauptet, Motorradfahren sei erotisch. Es habe nichts mit Gewalt zu tun. Motorradfahren sei sinnliche Erfahrung von Herrschaft. Ich kann das nicht leiden. Ich

verstehe es nicht. Anstatt sich so eine Maschine zu kaufen, liest Andreas sie in Zeitschriften und träumt sich auf sie. Ich würde ihm gern so ein Monstrum schenken, doch er ist nicht zuverlässig, jedenfalls nicht in seinen Träumen.
Andreas sieht nicht nach Wörtern aus. Ich blättere in dem Heft und warte. Er schiebt sich mit der Kaffeekanne an mir vorbei und geht hinüber. Er arrangiert Tassen vor die Couch. »Ich will dich sehen«, sage ich und stelle eine Tasse vor den Sessel. »Ich will nicht mit dir reden«, nimmt er die Tasse, »ich will dich fühlen.« »Verdammt«, sage ich, »laß das doch sein. Du machst dadurch die Situation nur noch komplizierter.« »Weißt du«, gießt er den Kaffee ein, »so ein armer, verlassen dastehender Mann wie ich braucht Wärme. Und du wirst dich heute meiner erbarmen, denn was sonst könnten wir uns Nettes antun?« »Du hast es wohl lange nicht nötig gehabt, eine Frau zu verführen?« frage ich gekränkt. Andreas weist mit einer verlorenen Geste auf den Plattenspieler. Er schüttet sich Zucker in die Tasse. Sein Mund ist schmal. Ich nehme das Klavierkonzert von Rachmaninow und sehe zu, daß sein Nachmittag funktioniert. Quadrophon. Die Bitterkeit geht mir auf die Nerven.
»Andreas«, sage ich, »laß uns doch vernünftig sein. Das, was jetzt hier abläuft, ist Oberscheiße.« »Ich will mit dir schlafen, mir ist danach.« Das klingt entschieden. »Aber mir nicht«, ziehe ich mich zurück. »Ich brauche dich unvoreingenommen und nicht abgenutzt. Als Samstagnachmittagsliebhaber bist du mir zu schade.« Ich habe ihn verletzt. Er meint es ernst.
»Ich will, daß du mich in den Arm nimmst«, sagt er, »das ist alles.«
Ich schiebe die Tasse zurück vor die Couch. Andreas versucht sich als Holzfigur. Ich muß lachen. Ich falle neben ihn und gieße ihm einen Cognac ein. »Komm«, sage ich, »begrüß dich mal selbst, du pathetischer Heini.« Ich reiche ihm das Glas. Er trinkt es wie Medizin. Die Traurigkeit sitzt noch immer in seinen Augenwinkeln. Ich nehme ihn in den Arm. Ich spüre, daß ich es will. Er kommt mir sehr weich entgegen. Die Musik läßt den Kaffee kalt werden und erschreckt ein bißchen. Ich nehme

Andreas' Gesicht in die Hände. Sein Mund ist entspannt. Meine Vorsicht macht unsere Lippen flächig. Andreas öffnet sich mir. Ich gehe auf ihn ein. Ich störe den Kuß mit einem Lächeln auf die Musik. Wir halten sie aus. Andreas legt seine Arme um mich und zieht mich zu sich. Sein Körper ist lebendig und warm. Ich möchte seine Haut spüren. Seine Hände erfüllen meinen Wunsch nur teilweise. Ich ziehe mich aus. Andreas schaut mir zu. Er ist erstaunt. Ich weiß nicht warum. Er läßt sich von mir entkleiden. Seine Haut ist weich, sein Körper schmal und schön. Er paßt zu meinen Händen, kommt ihnen entgegen.

Andreas ist kein Hornissenmann. Seine Haut würde dem Wind nicht standhalten.

Andreas hat seine Rolle verlegt. Die Gischt in seinen Augen spiegelt meine Brandung wider. Es ist unser Meer, in dem wir schwimmen. Es gehört uns beiden in seiner ganzen Weite und Lebendigkeit. Jonas behielt das Meer immer für sich. Es war sein Element. Er lehrte mich, darin glücklich zu sein. Aber er nahm das Meer jedesmal wieder in sich zurück. Er besaß es. Ohne das Meer kann ich Jonas nicht denken. Andreas zeigt mir, daß Jonas sich irrte. Mir gehört das Meer wie ihm. Ich fange an zu begreifen. Es muß der Anfang gewesen sein. Das Meer trug Jonas an Land. Es ließ eine Weile von seinem Anspruch auf Jonas ab. Aber Jonas beanspruchte das Meer und mich. Er bot mir den Salzgeschmack auf der Zunge und das Knirschen des Sandes zwischen den Zähnen. Er lehrte mich den Schmerz des Felsens in meinem Rücken, wenn er in mich eindrang und die Sterne in meine Augen fielen. Er schenkte mir die Insel. Das Meer aber behielt Jonas für sich. Das Meer und seinen Zorn. Der zerstörte den Sirtaki. Als Michailis und seine Freunde mich das Tanzen lehrten, erwachte der Russe in Jonas. Jonas war stolz auf diesen Großvater. Er hatte ihm gezeigt, wie der Zorn im Glas zersplittert. Da war Jonas noch ein Kind. Michailis nahm mich mit in seine Schritte. Unsere Arme streckten sich zu den Schultern und hielten unsere Bewegung fest. Michailis war schön in seinem Tanz, in seiner Musik. Er machte mich fühlen, meinen Körper, meinen Rhythmus. Ich lebte. Ich hatte Jonas vergessen. Die

Musik brach ab. Ich schaute an meinem Arm entlang Michailis in die Augen. Die leuchteten und lachten. Die Gläser, die um uns zerklirrten, lösten uns voneinander. Ich wandte mich Jonas zu. Er saß allein an unserem Tisch. Über dem Glas an seinem Mund standen dunkel zornige Augen. Der Zorn verschwand aus ihnen mit einem spröden Laut. Jonas hatte sein Glas zerbissen und kaute mit unbewegtem Gesicht. Es war ein schreckliches Geräusch. Es hielt uns alle in Bann. Jonas schaute seine Traurigkeit in mich, schluckte, stand auf und ging. Ich fand ihn am Strand. Es gab nichts zu sagen. Er nahm mich.

Andreas nimmt seine Hände an sich. In seinem Gesicht mischt sich ein Lächeln. Ich stehe auf und gehe ins Bad. Die Augen, die mir im Spiegel begegnen, sind weit und fast blau. Das machen die Kacheln. Unter der Dusche öffnen sich meine Poren. Mein Körper saugt Wasser. Er läßt trotzdem genug zum Abfließen übrig. Die Seife hält Andreas' Geruch fest. Das Gefühl seiner Hände bleibt auf meinen Brüsten.

In seinen Bademantel gehüllt, finde ich ihn noch immer träumen. Ich setze mich zu ihm, streichle mich in seine Gedanken. »Ich bringe dir deinen Bademantel.« Mein Mund paßt in die Kuhle an seiner Schulter. »Es ist schön, mit dir zu schlafen«, sagt er. Seine Haut hält meine Fingerspitzen, lenkt sie über die Brust zum Hals. Andreas pocht ruhig und gleichmäßig in seinem Puls. Es ist fast dunkel. Bevor ich Helen begegne, möchte ich Zeit haben, mich von Andreas zu trennen. »Steh auf«, schreibe ich seinem Körper. Der kann nicht lesen. »Steh auf«, sage ich ihm vor, »ich muß bald weg.« Andreas nimmt meine Aufforderung in seine Arme. Ich werde unruhig. Ich möchte Zeit gewinnen. »Es war sehr schön«, sage ich seinem Ohr. Ich ziehe den Bademantel aus, werfe ihn über Andreas. Er rührt sich nicht. Ich ziehe mich an. »Wenn du dich totstellst, werde ich eben deinem Leichnam eine frische Tasse Kaffee in den Hals gießen. Halt dir noch die Augen zu und ich werde die nächste halbe Stunde damit verbringen, dich zu suchen.« Andreas bleibt verschwunden.

»Wir hatten mal eine Tante. Tante Fernande. Die malte mit Öl hessische Kühe und Bäche. Tante Fernande war ziemlich blind und noch tauber. Mit der spielten wir Kinder immer Verstecken im Dunkeln. Auch wenn sie sich noch so große Mühe gab, sie fand uns eigentlich nur, wenn wir ihr dabei halfen. Wir saßen kichernd in irgendwelchen Ecken, und Tante Fernande fuchtelte mit ihrem Stock im Finstern herum. Ich glaube, das waren die einzigen Momente, wo sie ihre Gebrechen akzeptierte. Sie genoß es, uns mit ihrer Blindheit und Taubheit Spaß zu machen. Dafür lobten wir ihre Bilder, die sie nur noch mit Mühe zustande brachte. Sie gefielen uns wirklich. Wir wohnten damals in der Stadt. Soviel Natur kannte ich nur von den Ferien bei meinen Großeltern. Von da hatte ich Kuherfahrung. Tante Fernande hat meine fachmännische Kritik an ihren Kuhkörpern hoch geschätzt. Dadurch wurde ich wichtiger als die anderen Kinder. Ich war sehr stolz auf meine Kenntnisse.« Andreas lacht unter dem Bademantel. »Das solltest du mal Gregor erzählen. Mit dem war ich vor einiger Zeit im Sauerland, um Barbara von einer Tagung abzuholen. Und Gregor hat mir lange Vorträge gehalten über Kühe. Wie widerlich er die findet. Nur bei Kuhaugen gerät er ins Schwärmen. Sein Hauptargument für seine Ablehnung war, daß alle Kühe lesbisch seien. Er hat es mir bewiesen. Ich mußte an jeder Weide ganz langsam fahren und es stimmte tatsächlich. Auf fast jeder Wiese gab es mindestens zwei Kühe, die es miteinander trieben. Die Homosexualität der Viecher fand Gregor im Grunde aber gar nicht so schlimm. Ihn störten die Euter.« »Ihr seid doch richtig zwei Scheißmänner. Zieht euch an Kühen hoch und kommt euch dabei ungeheuer männlich vor. Kann ich mir so richtig vorstellen.« Andreas hat mich schon öfter mit frauenfeindlichen Parolen auf die Palme gebracht. Jetzt braucht er das offensichtlich, um seine Rolle wiederzufinden. »Wenn du dich lächerliche Figur da auf der Couchkante sehen würdest, könntest du verstehen, warum Kühe Kühe lieben.«
Andreas lacht und steht auf. Der Bademantel fällt auf den Teppich. Ich umarme einen nackten Mann. »Komm, geh duschen, aber verändere dich nicht gar zu gründlich.« »Ich

habe Gregor wegen der Kühe damals von Julian erzählt. Julian und ich haben eine Weile zusammengelebt.« Das wußte ich nicht. Andreas in den Armen eines Mannes. Die Vorstellung fällt mir schwer. Ich registriere mit Verwunderung meine eigene Verwirrrung. Daß Männer sich lieben können, dafür habe ich keine Bilder im Kopf. »War das schön?« »Sehr«, sagt Andreas. Er sammelt seinen Bademantel auf. »Es war sehr schön«, sagt er, »aber traurig. Wir sind mit unserer Situation nicht fertig geworden. Deshalb haben wir uns getrennt.« Irgend etwas hindert mich, Andreas zu berühren. Es würde eine leere Geste. Das ist seine Geschichte. In die gehöre ich nicht hinein.

Andreas geht ins Bad. Mir ist nach einer Prise Salz und Kakao im Kaffee. Andreas duscht schneller, als das Wasser kocht. Ich lasse meine Verwirrung durch den Filter laufen. Andreas kommt nicht in die Küche. Er macht drüben Ordnung. Theodorakis hilft ihm beim Aufräumen. Ich jongliere das Tablett auf den Tisch. Andreas schichtet den Schreibtisch neu. Er zieht ein Buch aus dem Stapel. »Ich habe hier etwas für dich. Das ist mir vorhin im Wald schon eingefallen. Vielleicht beunruhigt das endlich mal dein philologisches Gewissen.« Er reicht mir das Buch über den Tisch. Ich stelle die Kanne ab. Es ist eine Dissertation über Paul Zech. Ich blättere nach Yssabeau. Sie ist Zechs Geliebte. Der Autor gesteht sie ihm zu. Der hat genausowenig Ehrfurcht vor der Wahrheit wie der Vagabund Zech. Das macht ihn mir sympathisch.

Andreas schaut meiner Freude mit Verschwörermiene zu. »Na, wie ist es mit der philologischen Lauterkeit, Frau Kollegin? Sie werden doch hoffentlich den kleinen Irrtum aufklären. Das sind Sie Ihren Schülern schuldig.« »Nein, mein Herr. Für mich ist Zech Villon. Er ist der beste Villon, den es je gab.«

Andreas wußte meine Antwort längst. »Ich verrate es keinem«, verspricht er. »Du mußt das Buch einfach verbrennen.« Andreas setzt sich auf die Couch. Er gießt den Kaffee ein. »Was machst du jetzt eigentlich, wenn du mich hier sitzen läßt?« »Ich besuche eine Freundin und gehe ins Kino.« »Prima. Ich hatte den ganzen Tag schon

ein unstillbares Bedürfnis, mit dir ins Kino zu gehen. Ich komme mit.« »Das läßt du sein. Ich muß mich erst einmal von dir erholen. Mir ist ziemlich wirr im Kopf.« »Ist deine Freundin nett?« »Nein. Sie ist alt, häßlich, hat einen tyrannischen Mann und dreizehn Kinder. Und alle zusammen gehen mit ins Kino, weil wir so nämlich Gruppenermäßigung kriegen. Ich bin die Tante. Der Onkel ist vor drei Jahren gestorben. Also kannst du nicht mit.« »Dann kaufe ich mir eben heimlich einen Einzelfahrschein. Ich setze mich in die Reihe hinter dich und mache Annäherungsversuche, die alle sehen.« »Dann schreie ich oder ich hau dir eine runter, die alle hören.«
Andreas steht auf, setzt sich auf meine Sessellehne. Er legt den Arm um meine Schulter. »Ich hätte dich gern noch eine Weile hier«, sagt er, »ich habe das Gefühl, der Tag könnte noch ein Stück weitergehen.« »Ich glaube nicht, daß uns das guttut. Hör dir doch mal das Geflachse an, das wir produzieren, um so etwas wie Distanz zwischen uns zu kriegen. Ich fürchte, wir machen auf diese Weise höchstens etwas kaputt. Ich fand das ungeheuer schön mit dir. Den ganzen Nachmittag. Aber ich will da auch wieder raus können.« »Bist du unsicher?« »Ja. Und du auch. Vielleicht war das, was da zwischen uns passiert ist, zu intensiv. Ich muß damit erst mal umgehen lernen. Deswegen gehe ich jetzt.« »Bist du eigentlich immer so vernünftig?« »Nein. Aber das hier ist mir zu wichtig. Für mich.«
Andreas akzeptiert das. Er steht ein wenig verloren zwischen seinen Möbeln und schaut meinem Aufbruch zu.
»Tschüs«, sage ich von der Tür aus, »machs gut«.

Ich höre mich im Treppenhaus und finde mich viel zu laut. Ich kann mit mir nichts anfangen. Ich bin noch nicht darauf eingestellt, mit mir allein zu sein.
Ich konzentriere mich auf die steilen Kurven der Schloßzufahrt. Mein Auto gefällt mir. Es paßt überall durch. Ich stelle es mitten auf das Kopfsteinpflaster und steige aus. Es ist kalt. Die Luft treibt mir die Tränen in die Augen. Die Stadt verschwimmt in einer Pfütze. Ich ziehe die Nase hoch und stelle mich unter die Linde. An diesem Punkt

gefällt mir der Blick am besten. Hier stehe ich gern. Ich friere. Es ist mein Frieren. Die Haut in meinem Gesicht spannt sich. Es ist meine Haut, mein Gesicht, meine kalten Finger. Ich gehe durch den Torbogen. Auf der anderen Seite des Schlosses renne ich bis zum Park. Ich bin außer Atem. Ich stütze mich auf die Mauer und stelle wie immer fest, daß es sich nicht lohnt, von hier aus hinunter zu schauen. Vereinzeltes Gegröle aus den Verbindungshäusern stört den Turm. In den hat sich die Sängerin mit ihrer Musik eingeschlossen. Sie enthält sie uns vor. Die Mauern sind zu dick. Ungehört besingt sie dahinter ihre Frühlingsblüten pflückenden Jünglinge. Sie ist eine schöne Sängerin. Mit vollem Busen und kupferroten Haaren. In einem langen dunkelblauen Kleid lehnt sie in der Beuge des Flügels, die linke Hand über den geschlossenen Lidern, die Zunge vorbildlich an den Vorderzähnen, singt sie zu den sanften, vom Kater Abrahamasanctaclara angeschlagenen Tönen das Pianissimo auf nü nü nü.
Sie ist großartig. Sie weiß das. Erschöpft läßt sie sich auf der Lehne eines hohen Sessels nieder. Sie nimmt die Noten vom Polster, studiert ihren Part noch einmal mit den Augen. Sie legt das Heft wieder zurück. Das Gesicht zur getäfelten Decke des Turmzimmers erhoben, singen sich die Noten hinter ihrer Stirn. Sie erhebt sich, bittet den Kater von der Klavierbank, stellt die zierlichen Füße auf die Pedale, atmet durch. Den Oberkörper hoch aufgerichtet, stützt ihn das Zwerchfell. Sie singt – ein Terzett.

Mein Atem ist ruhig geworden. Ich gehe an den fensterlosen hohen Mauern der Ostseite vorbei zurück auf den Schloßplatz. Hier sind Menschen. Erst jetzt merke ich, daß ich die Musik mitgenommen habe. Sie hört auf. Die Sängerin holt sie in ihren Turm zurück. Ich pfeife einstimmig weiter. Das wird sie mir nicht verdenken.

8

Helen und Bernd haben am gegenüberliegenden Berg ein übereinandergeschachteltes Haus gemietet. Jeder Lebensbereich hat seine eigene Etage. Boris öffnet mir die Tür.
»Du störst mich«, begrüßt er mich mit ernstem Gesicht. »Ich übe gerade Cello.« »Das tut mir leid. Klappt's denn?«
»Ich hab' 'ne neue Lehrerin. Die ist streng.« Er läuft durch die Diele, läßt hinter sich die Wohnzimmertür offen, nimmt, mit einem kurzen Seitenblick auf mich, sein Cello wieder auf. Ich würdige seine Wichtigkeit. Helen kommt mir entgegen.
»Hallo«, sagt sie, »der Künstler hat heute seine Macken. Erst trödelt er mit dem Üben, jetzt wird er nicht fertig.« Sie schaut herüber zu ihrem Sohn und lächelt.
»Boris spinnt«, ruft Katrin. Sie hält eine Schere in der Hand und steht breitbeinig über einer Ansammlung von Papierschnipseln. »Machst du heute wieder mit mir Gedichte?« »Mal sehn«, antworte ich pädagogisch, »das kommt darauf an, ob du im Bett liegst, bevor wir gehen.«
Bernd schiebt ein Glas über den Tisch. »Komm setz dich her. Ich probiere grade den neuen Wein durch. Schließlich muß man ja wissen, welche Flasche in welches Regal gehört.« Ich setze mich auf die Eckbank... »Du korrigierst?« »Musikdiktat. Ich überlege gerade, ob sich aus diesen Meisterwerken eine neue Form von Schulmusik entwickeln läßt. Ganz neue Aspekte, die die Schüler einem da bieten. Die haben absolut nichts verstanden.« Bernd schiebt mir einige Zettel zu. Die sind ziemlich rot eingefärbt. »Ich bin Notenlegastheniker, das weißt du doch. Ich habe das nie kapiert und trotzdem Geige gespielt und vom Blatt gesungen.« Bernd lacht. »Fang bloß nicht wieder an, mir die Theorie vom visuellen Typ einzureden.« »Eidetisch, Bernd, eidetisch.« »Prost. Du mit deinen Fremd-

wörtern. Da kann ein armer Schulmeister wie ich sich nur noch in den Alkohol flüchten.«
Wir trinken gemeinsam und freuen uns, daß es uns gelingt, die gegenseitige Spinnerei zu akzeptieren. Bernd hat seine Minderwertigkeitsgefühle mir gegenüber im Lauf der Jahre vergessen. Mich erheitert seine praktische Fröhlichkeit, ihn meine gymnasiale Gelehrtheit, wie er das nennt.
»Katrin, bitte räum auf und geh dich waschen. Ich sag's bestimmt nicht noch dreimal.« Helen klingt strapaziert.
»Ich geh noch nicht ins Bett. Boris geht ja auch noch nicht.« Katrin produziert ein wütendes Schnipselgestöber. »Boris muß noch Cello üben, weil er sich den ganzen Tag davor gedrückt hat.« Ich fürchte um Katrins Finger.
»Katrin, hör mit der blöden Schnipselei auf. Räum endlich deinen Kram weg. Ich habe keine Lust, hinter dir herzuräumen.« Es schneit weiter. Helen wirft mir einen verzweifelten Blick zu. »Denk bloß nicht, daß ich deinetwegen hier bleibe. Dann gehst du halt ohne Vorlesen ins Bett. Mach doch, was du willst.« »Mach ich auch.«
»Katrin«, mischt sich Bernd ein, »wenn Vater erst nachhilft, gibt es wieder Geschrei, und ich bin gleich sauer.«
Ich gieße mir einen Schluck Wein ein. »Nicht schlecht«, kaue ich vor mich hin. Trotz der angespannten Stimmung ist die Atmosphäre nicht bedrohlich. Ich kenne diese abendlichen Spiele. Meistens gewinnt Helen.
Boris erzeugt entsetzliche Töne. Er kann sich nicht auf die Noten konzentrieren. Das Spektakel in der Wohndiele ist spannender. Bernd ist der Unlust seines Sohnes nicht gewachsen. »Junge«, schreit er, »zerschrubb nicht schon wieder einen Bogen. Das wird zu teuer auf die Dauer.« Es folgt ein weiterer Folterton. Bernd steht auf und geht zum Klavier. Er schlägt einige Akkorde an. Boris sitzt müde hinter seinem Notenständer. »Los, mach noch mal. Wir spielen es einmal durch, und dann ist Schluß. Du bist doch viel zu müde. Da kommt doch nichts mehr bei rum.« Boris wendet mir auffordernd sein Künstlergesicht zu. Ich nehme mein Weinglas und lasse mich als Publikum in einem Sessel nieder. Etwas schräg hält er den Rhythmus. Katrin kommt rüber und klemmt sich neben mich. Sie hält ein ganzes Warenhaus in den Händen. Unregelmäßig

ausgeschnittene Schuhe, Taschen, Autos und Fernseher. Die Krönung ist ein Staubsauger ohne Staubbeutel. Der ist der Schere zum Opfer gefallen. Während sie mir die Herrlichkeiten vorführt, redet sie ununterbrochen. Lauter als es sein müßte. »Katrin«, flüstere ich, »sei doch einen Moment leise. Boris ist gleich fertig. Ich möchte gern zuhören.« Boris hält ein.

»Wenn die blöde Ziege dauernd quatscht, kann ich nicht spielen.« »Komm, laß die zwei Tanten doch quasseln. Frauen quatschen eben immer im Konzert. Da mußt du dich rechtzeitig dran gewöhnen. Wenn du mal als großer Meister auf der Bühne sitzt, kannst du auch nicht einfach aufhören und dich beschweren. Ein großer Künstler hört über so was hinweg.« Bernd greift einen neuen Akkord. »Hast du die Stelle?«

Boris ist ein Meister. Er setzt mit erhabener Geste den Bogen an. Katrin fixiert die beiden herausfordernd. Hinter ihrer Stirn arbeitet es. Bevor die neue Bosheit konkret wird, verspreche ich ihr mindestens ein Gedicht. Sie hält durch. Helens Schritte rennen irgendwo im Haus. Ich höre ihre Geschäftigkeit. Die ist voller Nachdruck. Helen will weg. Boris hält mit zitterndem Bogen die ganzen Noten. Die Übung ist eine Gemeinheit. »Fis«, ruft Bernd. Der Finger rutscht eine Kleinigkeit nach vorn. Die Schleife ist herzzerreißend. Bernd lacht. Seine Schultern verraten sein Gesicht. Er läßt es im Klavier. Boris kommt in Fahrt. Er wird bald das Vibrato lernen. Seine Töne sind soweit. Katrin fordert laut meine Zustimmung, daß das doch schrecklich gewesen sei. Boris müsse viel mehr üben, wenn sie mal zuhören solle. Ich nehme sie am Schlafittchen, sie strampelt, ich bin stärker. Hinter uns schließe ich die Tür. Ich erkläre ihr, was eine bösartige Kröte ist. Sie lehnt den Vergleich ab. Sie habe keine Warzen. Ich korrigiere mein Bild und erzähle die Geschichte von der Prinzessin, der, wann immer sie sprach, eine Kröte aus dem Mund sprang. Sie bedauert die Prinzessin aufrichtig und behauptet, bei ihr sei das Gott sei Dank nicht so. Der Gegenbeweis ist überzeugend. Die Schnipsel auf dem Fußboden bekommen keine Gesellschaft. Offensichtlich sind ihr die Kröten ausgegangen. Katrin triumphiert. Ich verziehe mich wieder auf die Eckbank. Wir hören Vater und Sohn über Celli und Cellolehrerinnen fachsimpeln. Scherenbewaffnet spielt Katrin weiter Frau Holle. Von Helen ist nichts mehr zu hören. Das fällt Katrin auf. Sie geht zur Badezimmertür. Die ist verschlossen. »Was machst du da drin so lange?« Helen antwortet nicht. »Sie wird sich schminken«, informiere ich, »wir gehen gleich ins Kino.« »Ich will mit.« Katrin wendet sich schneller ab, als mein Grinsen sie erreichen kann. »Du gehst jetzt ins Bett. Letzte Chance, die Schnipsel aufzuheben. Wenn Helen aus dem Bad kommt und du trödelst immer noch hier rum, könnte ich mir vorstellen, daß es einigermaßen dicke Luft gibt.« Katrin tritt auf den Papierfetzen herum. »So kommst du sicher nicht weiter«, sage ich. »Ich geh schon mal rauf und schau mir deine Bücher an.« »Ich zeig sie dir.« Wir sitzen beide auf dem Fußboden und sammeln. Es sollte ein Puzzle werden. Wir sind schnell fertig. Katrin hopst hinter mir die Treppe rauf. In ihrem Zimmer sieht es chaotisch aus. Ihre Lesefreude liegt auf dem Fußboden verstreut. Sie steigt darüber hinweg, läßt einzelne Kleidungsstücke fallen und springt ins Bett. Natürlich umgedreht. Ich fische ein Buch. Es sieht vollständig aus. Ich setze mich ans Kopfende. Katrins Füße helfen beim Umblättern. »Weißt du«, sagt sie ernsthaft, »ich kann mich heute nicht waschen. Helen ist im Bad. Und wenn die da erst mal drin ist, dann kommt sie lange nicht raus.« Diese Erklärung leuchtet mir ein. »Was soll ich dir denn vorlesen?« »Och, am liebsten habe ich die Geschichte mit dem Jäger. Aber die will ich heute nicht. Die ist in dem Buch da auch gar nicht drin. Das da ist sowieso ganz langweilig.« Katrin verschwindet zwischen dem Büchersalat und wählt. Jeder Ablehnung geht eine längere Erklärung voraus. Ich höre den Inhalt von vier Büchern, bevor sie eins unentschieden in der Hand wiegt. Das ist meine Chance. Ich greife zu. Es ist die Geschichte vom blauen Wagilö. Die kenne ich auswendig. Ich erzähle die richtige Geschichte zu den falschen Bildern. Helen kommt die Treppe herauf. Sie greift nicht in die Diskussion ein. Katrin beweist mir an wenigen Buchstaben mein Unrecht. Ich entschuldige mich und fange von vorn an. In der

richtigen Reihenfolge. Leider fallen mir die Tiernamen nicht ein. Der Strauß wird zur Gans, der Löwe zum Dackel, die Giraffe zum Zebra. Katrin ist überzeugt, ich sei nicht lange genug zur Schule gegangen. Oder ich mache Quatsch. Beide Erklärungen lehne ich ab. Ich versuche ihr zu beweisen, daß sie zu müde ist, um überhaupt mitreden zu können. Das ist der Fehler. Sie ist so wach, daß sie sogar mit ins Kino gehen kann. Mein Irrtum ist deutlich. Ich gebe ihn zu. Der Löwe ist ein Löwe, die Giraffe eine Giraffe, das sieht man an dem langen Hals, und ein Warzenschwein bleibt ein Warzenschwein, auch wenn es zehnmal blau ist. Im übrigen macht Tanzen genauso viel Spaß wie Daumenlutschen, vorausgesetzt, das Nuckeltuch ist nicht verlorengegangen. Es ist da. Wir malen uns aus, wie das Wagilö im Garten wohnen könnte und ob die Leute in der Straße es gern haben würden oder nicht. Es ist geschafft. Die Augen fallen zu. Ich bin erleichtert. Ich hatte gefürchtet, endlos lange alberne Reime produzieren zu müssen. Das haben Katrin und ich im Sommer auf der Wiese gemacht, allerdings verbunden mit Schreibübungen. Sie wollte überlistet werden, denn Schreiben macht keinen Spaß. Jedenfalls nicht, wenn es sich um Hausaufgaben handelt. Nur dummes Zeug schreiben, darüber läßt sich reden. Sie hat viel gelernt bei dem Nonsens. Zwischendurch hat sie Tüten geklebt und Beeren geerntet. Währenddessen mußte ich die nächste Zeile erfinden. Die las sie dann angestrengt und schrieb mit viel Gekicher ihren Einfall drunter. Es hat sich nicht immer gereimt.
Mir ging dabei auf, daß Kindern Lernen Spaß machen könnte, wenn die Erwachsenen mehr Phantasie hätten. Meine Phantasie hängt von meiner Sympathie ab. Oder wenn ich Kindern gefallen will. Aber welcher Lehrer will schon dauernd seinen Schülern gefallen? Das ist eine Referendarskrankheit. Später ersetzen Noten die Phantasie. Ich kann nicht dreißig Kinder auf einmal lieben. Das schafft keiner. Wozu auch?
Helen deckt ihre Tochter zu. Die Hälfte ihres Lächelns gilt mir. Wir können gehen. Das tun wir auf Zehenspitzen. Ich atme Helens Parfum. Es paßt zu ihr. Ein bißchen herb, ziemlich entschieden.

Boris und Bernd sind im Bad. Sie führen ein Gespräch über Körperkultur. Unser ›Bis bald‹ wird kaum zur Kenntnis genommen. Es klingt wie ein überflüssiges Versprechen.

»Wir nehmen mein Auto«, sage ich, »ich trinke heute abend nichts mehr. Ich habe schon den ganzen Tag vor mich hingepichelt.«
Wir haben nicht mehr viel Zeit. Zufällig finde ich einen Parkplatz. An der Kasse steht keiner mehr. »Es fängt gerade an«, sagt die Kassiererin. Die Kinoluft macht uns den Übergang leicht. Es ist ziemlich voll. Die Platzanweiserin handelt nur noch symbolisch. Die Luft ist stikkig. Das Publikum sind hauptsächlich Studenten. Sie nehmen den Film hin. Ich merke keinen Widerspruch. Die Bilder laufen in meine Augen. Helens Gespanntheit überträgt sich auf mich. Ich betrachte sie von der Seite. Helen hat die Brille auf. Ein wenig nach vorn gebeugt ist sie ganz auf der Leinwand. Ihr Profil konzentriert sich in dem schmalen Mund. Der schimpfende Ehemann scheint sie zu verärgern. Ich wehre mich gegen so deutliche Darstellung von Schwäche. Der Bildwechsel ist abrupt. Die beschimpfte Frau ist eine Engelmacherin, denke ich. Sie tötet die möglichen Kinder anderer, um ihre eigenen ernähren zu können. Das ist weit hergeholt. Das will ich nicht. Meine Abtreibung hat ein Mann durchgeführt. Bei derartiger Arbeit kann ich mir nur Männer vorstellen. Engelmacherinnen halte ich für eine diskriminierende Lüge.
Als wir damals Adressen suchten, standen auf meiner Liste nur Ärzte. In meinem Kopf genauso viele häßliche Geschichten. Sie sollten die Moral gewährleisten. Auf die Namen konnte ich mich verlassen. Die waren mit solchen Geschichten noch nicht verknüpft. Vielleicht würde sich das bei mir ändern. Es war ein alter Arzt. Er hat mein Kind ins Waschbecken geworfen. Ich habe ihn dafür bezahlt. Mit geliehenem Geld.
Mein Examen lag hinter mir. Das Prüfungssemester hatte mich isoliert. Ich war an die Peripherie geraten. Die Studentenpolitik geschah ohne mich. Die Erkenntnis, daß

der Mehrwert nicht in der Zirkulation entsteht, hatte ich nicht nachvollzogen. Ich bekam eine Anstellung am Institut. Geregelte Arbeitszeit, geregelter Urlaub. Den wollte Jonas mit mir verbringen. Aber ich wollte nicht allein sein mit Jonas. Ich wollte zurück in die Gruppe. Das Alleindenken hatte mich ermüdet. Ich fühlte mich abgeschnitten vom Leben derer, mit denen ich gewöhnt war, zusammenzuarbeiten. Meine Idee, gemeinsam nach Jugoslawien zu fahren, fand Zustimmung. So war es billiger. Auf irgendeine Weise kamen wir alle an. Monika sogar ohne Koffer. Der war irgendwo auf der Strecke geblieben. Marie war mit mir und Jonas im Wagen gefahren. Das war anstrengend. Jonas hatte keine Lust. Er wollte allein sein mit mir. Diese Absicht gab er nicht auf. Das ließ er uns lange spüren. Ich versuchte, diesen Zustand im Meer zu ertränken. Ich wollte die Fische vollstopfen mit Vergil und Jean Paul. Das Examen hatte meinen Kopf verdorben. Das wollte ich den Fischen nicht ersparen. Jonas behandelte mich wie ein ausgelesenes Buch. Das entfernte uns voneinander. Jonas wußte wie ich, daß er nie ein Examen machen würde. Er konnte nichts mehr mit mir anfangen. Wir hatten ein Stück Gemeinsamkeit verloren. Es fiel mir schwer, meinen Kopf zu tragen. Jeden Tag wurde er schwerer. Jonas hätte nachts meinen Kopf anbohren sollen, anstatt ihn mit beiden Händen festzuhalten.
Der Sommer war heiß. Ich suchte nach Vertrautheit. Wir hatten sie im Schreibtisch vergessen. Jonas hatte sich Proust mitgenommen. An manchen Tagen sprach er nur Französisch. Auch mit mir. Ich konnte ihn kaum verstehen. Jonas setzte Proust gegen mich ein. Dann erfand er die Einsamkeit. Am Ausgang des unfreundlichen Dorfes stand eine verwahrloste Kapelle. Jonas hat sie in Besitz genommen. Darin las er. Ich besuchte ihn manchmal. Jonas störte sich nicht an dem Dreck dort. Er wollte beweisen, daß Literatur von der Realität abhebt. Abends entwarf er mir sein Konzept. Er habe die Absicht, sich mit einem Mann zu befreunden. Das sei für seine augenblickliche Entwicklung notwendig. Ich solle meine Ansprüche an ihn aufgeben. Mir war klar, daß er Moriz meinte. Er hatte sich vorgenommen, sich in Moriz zu verlieben.

Jonas bemühte sich sehr um ihn. Die Konstellation hielt ich nicht gut aus. Manchmal fiel mir die andere Insel ein. Es war schon lange her. Jonas hatte sie vergessen. Sein Strahlen hatte andere Gründe. Moriz ließ sich von Jonas bezaubern. Er wurde ihm ähnlich. Jonas sprach nur über Proust. Moriz hörte ihm zu. Aber er las die Bücher nicht selbst. Er ließ sie sich von Jonas erzählen. Ihre langen Gespräche trieben mich ins Meer. Ich heulte zu den Fischen. Die nahmen meine Tränen nicht wahr. Es gelang mir nicht, das Meer zum Überlaufen zu bringen. Wenigstens wollte ich sein Blau entfärben. Nach einer Nacht mit Jonas fuhr Moriz nach Venedig. Jonas war an diesem Tag sehr niedergeschlagen. Er war noch nie in seinem Leben zurückgewiesen worden. Er nahm seinen Schlafsack und verschwand für zwei Tage. Ich rechnete damit, Jonas erst in Deutschland wiederzusehen. Aber Jonas kam zurück. Er hatte zornige Augen und einen traurigen Mund. Wir sind lange am Strand spazierengegangen. Er hat geschwiegen und gelitten. Ich ertrug seine Entfernung nur schwer. Wir lagen im Sand und hielten uns an den Händen. Wir wußten beide, daß dies nur eine Geste war. Ich wollte ihm nicht helfen.
Ich bin sicher, daß Jonas in dieser Nacht versucht hat, nach Venedig zu schwimmen. Erst gegen Morgen kam er erschöpft in mein Bett. Ich nahm ihn in die Arme, um ihn zu trösten. Das wollte Jonas nicht. Seine Wahrnehmung für mich war ertrunken. Jonas beschlief mich. Dabei empfing ich mein Kind. Ich habe es nicht gemerkt.

In der Abtreibungspraxis bellt der Hund. Die beiden Frauen sind weg. Sie haben die Bestecke ausgetauscht. Gegen Tierarztbestecke. Diese Anspielung ist geschmacklos. Legale Abtreibungen werden mit genau den gleichen Bestecken vorgenommen. Meine Entscheidung hat mich nicht in Konflikte gebracht. Das Angebot, mein Kind kollektiv aufzuziehen, machte mich mißtrauisch. In den Gesichtern von Monika und Dorothee leuchtete bei dieser Idee zukünftiger Verrat. »Allein hat das keinen Zweck«, redeten sie mir zu, »wir machen das zusammen. Wir werden beweisen, daß das geht. Es ist wichtig, das zu beweisen. Wichtig für andere.« Ich wollte nichts beweisen. Sie hörten mir nicht zu. »Solange wir an der Uni sind, ist das sowieso kein Problem. Und später ist das eine Frage der Organisation. Wenn wir zusammen wohnen, kannst du auch berufstätig sein. Sogar wenn wir alle drei nur halbtags arbeiten, reicht das finanziell. Abgesehen davon gehst du doch irgendwann an die Schule. Bewirb dich am Abendgymnasium oder an der Volkshochschule. Dann bist du tagsüber frei und wir abends. Wir wechseln uns dann ab.« Spätestens bei diesem Entwurf meiner Zukunft stand für mich fest, daß ich das Kind nicht austragen würde.

Jonas hatte sich angeboten, mich zu heiraten. Zuerst fand er den Gedanken, daß ich ein Kind haben sollte, sehr lustig. Da war ihm noch nicht klar, daß er dieses Kind gemacht hatte. Ich erinnerte ihn an die Zeit, als ich die Pille abgesetzt hatte. Damals schliefen wir nicht oft miteinander. Das Examen störte. Mein Büchergeruch machte Jonas krank. Ich hatte vor dem Urlaub nicht wieder damit angefangen.

Der Gedanke fruchtbar zu sein, irritierte mich. Ich wollte keine Kinder. Auf die Vorstellung, tatsächlich in der Lage zu sein, Kinder zu gebären, reagierte ich mit Abwehr. Jonas als Vater. Er spielte das Spiel. Er erlernte in den Gesprächen das Gesicht eines Ehemannes. Ich bekam Angst. Ein Kind schafft Bindung. Jonas sah darin eine Chance. Aber ich wollte mich nicht an ihn binden. Je heftiger ich mich weigerte, desto hartnäckiger bestand Jonas auf seinem Recht mitzuentscheiden. Er wollte nicht einsehen, daß ihn mein Kind nichts anging. Daß die Entscheidung mein Leben betraf. Mein Leben allein. Jonas empfand meine Weigerung als Zurückweisung. Ich fand nicht die Worte, die ihn hätten überzeugen können. Ich wollte Jonas nicht verlieren. Jonas wollte nicht mich, er wollte das Kind. Wahrscheinlich schien ihm das einfacher als die Organisation von Adressen und die entwürdigende Suche nach einem Arzt.

Marie begleitete uns. Wir mußten ziemlich weit fahren. Ich betrat das Wartezimmer kurz vor Sprechstundenschluß. Ich war die letzte. Der Arzt taxierte mich kurzsichtig. Ich stand etwas unsicher herum. Nein, mir fehle nichts, beantwortete ich seine zerstreute Fürsorglichkeit. Aber ich brauche seine Hilfe. Ich sei schwanger. Ich stehe kurz vor dem Examen, habe strenge Eltern und der Mann sei verheiratet. Das sei eine schreckliche Situation, zumal ich ihn nicht liebe. Ich sei da hineingestolpert. Im Urlaub. Es sei das erste Mal gewesen. Bei meinen Lügen fühlte ich mich nicht wohl. Aber es war ziemlich gleichgültig, welche Geschichte ich ihm erzählte. Eine solche Geschichte gehört zum Spiel. Er hörte mir nicht zu. Wahrscheinlich kannte er die Umstände meiner Schwangerschaft auswendig. Woher ich seine Adresse hätte, wollte er wissen. Ich sagte es ihm. Ich mußte versprechen, seine Adresse nicht mehr weiterzugeben. Dann fragte er nach dem Geld. Ich nannte ihm eine geringere Summe als die, die ich zusammengeborgt hatte. Das war ihm zu wenig. Außerdem habe er keine Zeit. Sein Wochenende sei verplant und ein Wochenende müsse es schon sein. Ich schilderte ihm meine finanzielle Situation, rechnete ihm vor, wie lange ich Raten zahlen müsse, um eine noch größere Summe abzuzahlen. Das Risiko sei sehr hoch, belehrte er mich, das müsse ich verstehen. Wir einigten uns genau bei der Summe, die ich bei mir hatte. Ich gab sie ihm. Dann hielt er mir einen Vortrag. Er holte ein kleines Kästchen aus der Schreibtischschublade und erklärte mir das Verfahren, Kinder durch Schlingen zu verhüten. Seine Demonstration stellte mich unter den Galgen. Ich war mir nicht sicher, wer von uns beiden dranhängen müßte. Es sprach alles für ihn. Er wenigstens würde eine Alraune hinterlassen. Dann untersuchte er mich. Er führte ein Tampon ein, um mich aufzuquellen. Zwei Tage lang. Dann sollte ich wiederkommen. Er würde den Rest erledigen.

Jonas und Marie hatten auf mich gewartet. Sie waren sehr angespannt. Ich sagte ihnen nichts von meiner Angst. Der Mann war so kurzsichtig, so verschroben. Ihm zitterten die Hände. Sein Schlaganfall vor dem Wochenende schien mir sicher. Oder eine Unpäßlichkeit. Die hätte auch genügt. Ich bekam Schmerzen. Das machte einen zuverlässigen Eindruck.

Pünktlich stand ich am Samstagabend vor der Praxis. Jonas saß zwei Häuser weiter mit Marie im Auto. Der Arzt hatte mich gebeten, allein zu kommen. Als ich klingeln wollte, quälte sich eine hellblaue Dame mit großem Hut die Treppe hinauf. Ich fing an, vor mich hinzureden. Sie mußte auf meine Ungeduld eingehen. »Ich habe schon dreimal geläutet«, sagte ich, »aber es macht keiner auf. Der Doktor scheint nicht da zu sein.« »Ich habe keine Tabletten mehr«, klagte sie. Aufgeregt kramte sie in ihrer Handtasche. »Ich brauche die Tabletten, verstehen Sie. Ich bin sonst zu aufgeregt!« Mir wurde heiß. Ich mußte sie loswerden. »Haben Sie denn kein Rezept?« fragte ich. Es gelang mir, einen hilfreichen Ton über meine Ungeduld zu decken.

»Das ist es ja. Es ist aufgebraucht.« »Kennt der Apotheker Sie denn nicht?« »Doch, aber der hat keinen Sonntagsdienst.«

»Das macht nichts«, log ich. »Gehen Sie zur nächsten Apotheke, die Dienst hat, und bitten Sie den Apotheker, bei Ihrer Apotheke anzurufen. Dann kann er sich bestätigen lassen, daß Ihre Angabe stimmt. Das habe ich schon oft so gemacht.« Ich hoffte, daß die Apotheke ziemlich weit weg ist. Sie musterte mich zweifelnd. Ich hielt den Blick aus. Sie ließ sich überzeugen. »Auf Wiedersehen«, verabschiedete ich sie freundlich, »ich habe genausowenig Glück wie Sie.« Ich zögerte ein wenig, um herauszufinden, in welche Richtung sie wollte. Sie ging schräg nach rechts die Treppe hinunter. Ich folgte ihr. Unten wendete ich mich entschieden nach links. Einige Häuser weiter sah ich eine Nebenstraße. Ich brauchte nicht allzu weit zu gehen. Ich war nicht mehr sicher, ob das Ganze nicht eine Finte sei. Der Arzt hatte mein Geld, ich hatte sein Wort. Vielleicht wollte er mich betrügen. Da ich schwanger war, hatte er mich in der Hand. Mir hätte keiner geglaubt. Ich wurde unruhig. Meine Knie waren weich, als ich zurückging. Ich hoffte, daß Jonas nicht die Geduld verlor. Ich sah die Dame nicht mehr. Ich ging die Treppe hinauf. Die Tür war angelehnt. Er hatte also das ganze Spiel beobachtet. Der alte Mann wurde mir unheimlich. Ich betrat den dunklen Flur. Ich kannte die Richtung von meinem letzten Besuch. Hinter der Milchglasscheibe zu den Praxisräumen brannte schwaches Licht. »Kommen Sie!« rief er, »ich habe auf Sie gewartet.« Ich grüßte höflich. Um meine Geschichte glaubwürdiger zu machen, hatte ich auch diesmal meine Kleidung sehr unschuldig gestaltet. Ich kam mir komisch vor in dem veralteten Wollkleid. Es war völlig aus der Mode. Dazu trug ich feste Halbschuhe. Ziemlich kompakt stand ich damit auf dem Boden. Ich fand mich überzeugend.

»Hatten Sie Schmerzen?« »Ja«, sagte ich, »es zog wie Menstruationsschmerzen.« »Das ist gut«, nuschelte er vor sich hin. »Setzen Sie sich bitte. Ich muß die Instrumente vorbereiten.« Außer uns beiden hörte ich niemanden in der Praxis. Er wollte den Eingriff allein vornehmen. »Es dauert noch eine Weile. Sie haben doch niemanden getroffen, oder?« »Doch. Eine Dame in Hellblau mit großem Hut kam, gerade als ich klingeln wollte. Sie wollte Tabletten von Ihnen.« »Das wird Frau Malink gewesen sein, sie ist hysterisch.« Der Alte war offensichtlich mißtrauisch. Er mußte doch das Theater beobachtet haben. Schließlich hatte er doch erst danach die Tür angelehnt. Oder aber er hatte sich verspätet. Vielleicht hätte er, wäre sie vor mir gekommen, bei Frau Malink eine Abtreibung versucht. Ich bezweifelte, daß er den Unterschied gemerkt hätte.

Auf einem verstaubten Aktenschrank stand ein Fernseher. Der Arzt fummelte daran herum. »Ich habe noch zu tun. Schaun Sie sich die Nachrichten an. Ich stelle den Apparat nicht laut. Es braucht keiner zu wissen, daß Sie hier sind.«

Erst jetzt fiel mir auf, daß sämtliche Fenster verdunkelt waren. So stellte ich mir den Krieg vor. Wenn ein Bombenangriff erwartet wurde. Es gelang mir nicht wahrzunehmen, was auf dem Bildschirm geschah. Ich horchte auf das Geklapper und die Schritte im Nebenzimmer. Der Mann lief beschäftigt hin und her, öffnete Schubladen und verlegte Dinge. Ich bekämpfte meine Angst. Mein Wille, das Kind nicht wieder aus der Praxis hinauszutragen, war fest. Der Arzt hatte mir gesagt, es dauere höchstens eine Stunde. Das wußte auch Jonas. Die Zeit konnte unmöglich eingehalten werden. Ob Jonas zur Polizei ging, wenn

ich nicht wieder käme, wußte ich nicht. Das hing von Marie ab.
Der Arzt kam herein und fragte mich, ob ich allein gekommen sei. »Nein. Da war die Frau«, sagte ich. »Ich meine, wie sind Sie hergekommen?« »Ich habe mich fahren lassen«, sagte ich. »Mein Begleiter ist in der Stadt und wartet in einem Restaurant. Er ist zuverlässig. Er ist der Vater des Kindes.« Der alte Mann nickte vor sich hin. »Kommen Sie jetzt«, sagte er.
Ich ging hinter ihm her. Da stand eine Liege. Die Tücher darüber waren sauber. Daneben ein Gestell mit Instrumenten.
»Sie brauchen sich nicht auszuziehen. Machen Sie sich unten frei.« Mir war das peinlich, aber jede Bewegung verkürzte die Situation. Ich legte mich auf die Liege und versuchte mit dem Gefühl des Ausgeliefertseins zurechtzukommen. Die Geschichte mit der Vergewaltigung paßte nicht auf den alten Mann. Trotzdem war ich bereit, ihn über mich ergehen zu lassen. Er würde mich narkotisieren. Ich würde es nicht spüren. Ich würde es nie wissen. Er würde hoffentlich nicht sterben dabei. Er band mich fest. Ich wollte mich gegen die Schmerzen nicht wehren. Ich war bereit, sie auszuhalten. Sie sollten meine Strafe sein. Ich fand sie richtig. Als sie unerträglich wurden, nahm er die Spritze. Er forderte mich auf, von Zehn rückwärts zu zählen. Ich kam bis Null. Das sei keine Zahl, behauptete ich. Er widersprach und forderte den Beweis. Den blieb ich ihm schuldig.

Ich kam wieder zu mir.
Der alte Mann stand weit von mir entfernt an einem Waschbecken und wusch sich die Hände.
Ich war nicht mehr festgebunden. Ich hatte keine Ahnung, wieviel Zeit vergangen war. Ich sah an mir hinunter. Da war viel Blut. An meinen Beinen, auf den Tüchern.
»Waren Sie wirklich erst im dritten Monat?« fragte er.
»Ja, das weiß ich ganz bestimmt.« In mir war eine unerträgliche Spannung. »Ist es weg?« fragte ich. »Ja.« »Wirklich?« »Schauen Sie es sich an, wenn Sie wollen«, deutete er auf ein Becken neben sich.
Ich verspürte eine ungeheure Erleichterung.

»Sie können jetzt gehen«, sagte er kurz. »Erstaunlich, wie Menschen sich in der Narkose verändern.«

Mir war es egal, was ich ihm erzählt hatte, mir war es egal, ob er mich beschlafen hatte, mir war es egal, ob ein Embryo lebendig ist oder nicht. Mir war wichtig, das meines jetzt tot war. Ich stand auf und blieb stehen. Ich war unversehrt. Ich bückte mich nach meinen Strümpfen. Mein Kreislauf war in Ordnung. Ich zog die Schuhe an, ging in die Hocke und band sie zu. Keine Schmerzen, kein neues Blut. Ich schaute auf die Uhr. Ich war eine Stunde zu lang hier. Jonas hatte hoffentlich die Nerven behalten.

»Wenn Sie Schmerzen oder Blutungen bekommen sollten, müssen Sie sofort anrufen. Sie haben jetzt ein Tampon, das dürfen Sie erst in vierundzwanzig Stunden entfernen.«

Ich verließ die Praxis. Ich schwebte. Ich wußte nicht, ob ich mich verabschiedet hatte oder nicht. Ich war vollkommen high. Jonas stand neben dem Auto. Sehr blaß, sehr aufgeregt. »Ich wollte gerade in die Praxis gehen. Maria wollte nicht zur Polizei. Ich dachte, dir ist etwas passiert.«

Ich lachte. Jonas schaute mich entsetzt an. »Geht es dir gut?« Ich fiel ihm um den Hals. »Ich habe Hunger, laß uns essen gehen.« Marie machte mir Platz. Sie schwieg. Ihren fragenden Blick beantwortete ich mit meiner Hand auf ihrer Schulter.

»Es ist weg«, sagte ich. Mein Satz klang fröhlich. Ich wollte feiern. Ich hatte mein Leben wieder. Ich fühlte mich neu. Ich besaß die Geschmacklosigkeit, auf einem jugoslawischen Restaurant zu bestehen.

»Hat es weh getan?« Aus Jonas fragte Mitleid. »Nein, überhaupt nicht«, log ich. Ich hatte die Schmerzen fast vergessen. »Hast du nichts gemerkt?« »Nein, Jonas. Ich habe nichts gemerkt. Hast du es gemerkt, als du es gemacht hast?« Jonas starrte mich an. Seine Augen verwirrten sich. Ich lächelte ihm zu und hob mein Glas mit dem Slivowicz.

»Zum Wohl, Jonas. Ich habe es geschafft. Wir sind frei.«

Marie wehrte sich gegen mein Pathos. Aber es saß in mir. Mein Pathos war echt. Jonas war wieder Jonas. Ich war wieder ich. Ich hatte die Veränderung rückgängig gemacht.

Der Film macht mich zunehmend wütender. Mich stört die Verbindung von Abtreibung und Umweltschutz. Die Frau, die mit Abtreibungen Geld gemacht hat, regt sich über verunglückte Kinder auf. »Ein Dorf toter Kinder.« Sehr melodramatisch. Die Protagonistin handelt zu wenig bewußt. Die Konsequenzen ihres Handelns badet der Ehemann aus. Damit werden Vorurteile bestätigt.
Müssen Männer die Umstände verändern, damit die Dinge in den Köpfen der Frauen die richtige Gestalt annehmen?
Das Ende des Films beleuchtet betretene Gesichter. Gleiche Bewegungen durchstoßen Ärmel, knöpfen Mäntel zu. Helen klemmt sich die Handtasche unter den Arm.
Auf der Straße atme ich durch. Wir gehen die wenigen Schritte zu Fuß. Das schafft Abstand. »Schwachsinn«, sage ich. Das klingt unsicher. Ich bemerke meine verschränkten Arme. Ich lasse sie los. Ich will mit diesem Film nichts zu tun haben. Er macht mich betroffen. »Ich habe Hunger«, sage ich. Der vertraute Raum der Kneipe gibt mir ein Stück Selbstsicherheit zurück. Ich grüße den Wirt, folge seinem Blick. Damit ist unser Tisch festgelegt. Helen hängt mit verschlossenem Gesicht ihren Mantel auf. Ich weiß, daß als nächstes ihre Handtasche die Ecke der Bank ausfüllt, daß Helen sich die Nase putzt, daß sie sagt: »Na, mal schaun« und dabei zur Karte greift. Helen tut dies alles nicht. Sie behält die Tasche auf dem Schoß, öffnet sie, nimmt das Taschentuch, hält die Geste fest. »Das stimmt nicht«, sagt sie heftig. »Ehe läßt sich nicht so verallgemeinern. Ein Zusammenleben in dieser Weise ist nicht möglich. Das würde keiner durchhalten.« Entschieden benutzt sie das Taschentuch.
Die Kellnerin fragt nach unseren Wünschen. Es sind die, derentwegen wir hier sind. »Was heißt denn da ›Sklavin‹? Hätte sie sich scheiden lassen sollen? Wäre sie dann besser dran gewesen? Mit dem Haufen Kinder?«
»Du, ich glaube, so kannst du die Frage nicht stellen. Was gezeigt werden soll, ist die falsche Verhaltensweise der Frau. Anstatt ihre Probleme, die sich aus der Privatsphäre Familie ergeben, auch in der Familie zu lösen, geht sie her und verpulvert ihre Kraft außerhalb. Deshalb wirkt sie auch so komisch an manchen Stellen. Zum Beispiel da, wo

sie über die Mauer klettert oder daß sie nach Portugal reist. Ist doch unglaubwürdig, finde ich. Aber schätzungsweise ist solche Übertreibung Absicht. Das macht das Problem deutlich. Und am Schluß ist alles beim alten, nur daß sie jetzt Würstchen verkauft, statt die Abtreibungspraxis zu machen. Und daß sie die Würstchen in Flugblätter einwikkelt, treibt die Farce ihrer politischen Aktionen auf die Spitze. Abgesehen davon, daß ich das geschmacklos finde. Mir drängt sich bei ›Versorgung‹ immer auch der Begriff ›Entsorgung‹ auf. Die Schwäche des Films liegt da, daß der Standpunkt nicht klar ist. Dadurch wird alles widersprüchlich. Abtreibung als Entsorgung, Würstchenverkauf als Versorgung. Die Bombe tickt.«

»Das ist typisch deine Argumentation. Der ganze Film eine symbolische Darstellung, wie gefährlich die Emanzipation der Frau für die Gesellschaft ist. Die Frauenbewegung als Atombombe.« Wir müssen beide lachen. Das Essen wird serviert. Helen freut sich über den frischen Knoblauch. Damit macht sie später Bernd den Mund wässrig. Direkt über die Haut.

Helen bearbeitet ihr Hähnchen mit Messer und Gabel. Ich mache das mit den Fingern. Mein Serviettenverbrauch wird dadurch größer. Ich kann Fettfinger nicht leiden. Aber ich genieße das Kannibalische. Ein Hähnchen zu essen heißt, sich etwas Ganzes einzuverleiben. Es hält die Form. Das Verspeisen hat etwas Endgültiges. Das Zerkauen der Flügel macht mir meine archaischen Reste bewußt. Das gibt mir ein Gefühl von Kraft, Brutalität, Sinnlichkeit.

Helen braucht solche Rückwege nicht. Es ist anstrengend, mit ihr zusammenzuleben. Als wir damals zusammengeworfen wurden, hatte ich gerade mühsam akzeptiert, daß alle meine Entwürfe von mir nicht stimmten. Ich sollte dankbar sein. Das sei notwendig für mich, hatte man mir gesagt. Ich wußte nicht, wofür. Man hatte vergessen, es mir zu erklären. Aber ich begriff, daß Widerstand gegen Dankbarkeit unglücklich macht.

Helens Familie wollte meine Dankbarkeit nicht. Sie nahmen sich ernst. Gegenseitig. Sie nahmen auch mich ernst. Ich lernte, fröhlich zu sein. Von Helens Mutter lernte ich das Lachen. Auch in der härtesten Auseinandersetzung

steckte es ihr hinten in der Kehle. Sie verlor uns nicht aus dem Blick. Ihr Lachen verhinderte, daß wir uns zerstörten.
»Was macht Christian?« fragt Helen. Sie schaut mich aufmerksam an. »Er arbeitet für sein Projekt.« Ich kaue den Gedanken an ihn zwischen den Zähnen. Helen trinkt. Sie stochert in ihrem Salat. »Du willst ihn verlassen.« Sie entschließt sich für ein Radieschen. Das Hühnerbein in meiner Hand signalisiert Widerspruch. Es ist die gleiche Geste, mit der ich falsche Schülerantworten abwehre. Nur daß Kreide die Haut austrocknet. Ich lege das Bein zurück auf den Teller, wische meine Finger an der Serviette ab, greife zum Mineralwasser. Helen lächelt mich an. »Redet ihr noch miteinander?« Ich trinke einen Schluck. Würde ich jetzt antworten, fielen lauter mineralische Blasen aus meinem Mund. Ich versuche es trotzdem. Es gelingt mir nicht.
»Ich habe seit einiger Zeit den Eindruck, als würdet ihr euch ganz schön ausweichen. Als ihr das letzte Mal bei uns wart, wirktet ihr ziemlich distanziert.«
Das Wasser schleudert Perlen durch das Glas. Das lenkt mich ab. Es schmeckt schal. Ich muß Stellung nehmen. Helens Unnachgiebigkeit tut weh. »Ich habe im Moment soviel Schwierigkeiten mit mir in der Schule, daß ich über Christian und mich nicht auch noch nachdenken kann.« Ich versuche dem Rücken der Kellnerin mein Bedürfnis nach einem Bier zu suggerieren. Es funktioniert nicht. »Wenn du dich totstellst, bist du unerträglich.« Helen meint, was sie sagt. Sie hat nie damit aufgehört. Ich werde wütend. Unter mir kracht das Waschbecken. Dabei war es Helen, die draufstand. Das Waschbecken der öffentlichen Bedürfnisanstalt auf dem mittelalterlichen Marktplatz direkt neben der Polizei. Nur weil ich im Stehen pinkelte und Helen nicht zuschaun durfte. Das kostete einen Groschen. Den hatte sie nicht. Meine Kunst war mein Geheimnis. Aber Helen wollte es wissen. Dabei krachte das Becken. Bevor sie meinen Betrug von oben über die Tür nachweisen konnte. Helens Mutter gehörte zu den armen Leuten, jedenfalls sagten sie so in der Stadt. Alleinstehend mit vier Kindern. Und meine hundertundzwanzig Mark. Aber wir machten Musik. Die Kosten für ein öffentliches Waschbecken waren eine Katastrophe. Die

Wahrheit blieb mir überlassen. Ich verzichtete auf meine Lüge. Wir mußten ziemlich lange Suppe essen. Schulden hatten wir schon. Vertretern gegenüber verlor Helens Mutter die Übersicht. Sie wollte sich von keinem Menschen umsonst fragen lassen. Sie gab immer Antwort. Mit überzeugender Selbstverständlichkeit. Dafür bezahlte sie Raten. Ihrer letzten Antwort verdankten wir ein Gerät, das Ehemänner überflüssig machte. Es produzierte Apfelbrei, besohlte Schuhe, bohnerte und kalkte Wände. Außerdem produzierte es Geld. Dazu gab es eine Anleitung. Die studierten wir genau. Am meisten profitierten wir bei der Herstellung von Eierlikör. Die Herstellungskosten waren gering. Jedenfalls im Verhältnis zu dem, was eine Flasche im Laden kostete. In dieser Zeit intensiven Sparens waren wir alle sehr fröhlich. Unsere Produktivität überzeugte uns. Wir leisteten uns sogar Gäste. Mit der Zeit wurden sie unentbehrlich. Wir brauchten ihre Bestätigung. Die verfeinerte unsere Rezepte. Erst als wir planten, ein Auto zu kaufen, griff eine Freundin von Helens Mutter ein. Es ging um ihr Auto. Sie hatte Erfolg. Unsere Verschuldung blieb ihr erspart. An diesem Abend stellten wir fest, daß wir Eierlikör nicht mochten. Wir hatten es nur noch nicht gemerkt.

»Ich bemühe mich um Klarheit«, wehre ich Helen ab. Ich bestelle ein Bier. Die Kellnerin reagiert unfreundlich auf meine Unfreundlichkeit. »Außerdem habe ich Angst vor dem Alleinsein.«
»Kann Christian dir helfen?« »Nein. Sicherlich nicht. Er geht mir auf die Nerven mit seiner Geradlinigkeit. Christian hat für alles Lösungen. Das meiste versteht er erst gar nicht. Das, was dazwischen liegt. Wenn ich Probleme habe, behandelt er mich wie einen Fall. Aber du kennst ihn ja. Für ihn ist alles logisch oder nicht. Er zieht immer irgendwelche Schlüsse. Die muß man dann umsetzen. Er kann das. Jedenfalls was ihn betrifft. Und wenn es um mich geht, habe ich immer das Gefühl, daß seine Überlegungen mit mir überhaupt nichts mehr zu tun haben.«
»Und wie hältst du das aus?« »Ich entziehe mich. Wir sehen uns kaum. Wir leben ziemlich aneinander vorbei. Mit verteilten Rollen. Er ist halt verfügbar.«

Der Christian, den ich Helen entwerfe, ist eine Lüge. Helen weiß das so gut wie ich. Ich weiß nicht viel von ihm. Das fällt mir auf. Ich habe sein Bild in falschen Farben gemalt. Ich versuche es noch mal.
»Weißt du, Christian ist nicht besonders emotional. Er läßt mich in Ruhe. Im Grunde genommen hat er Angst vor Frauen. Er nennt das ›vor ihrem Zugriff‹. Ich glaube, ich mag seine Zurückhaltung.« Helen schaut mich aufmerksam an. Sie legt Christians Bild über mein Gesicht. Sie vergleicht die Konturen. Ich spüre selbst, daß da nichts paßt. »Das klingt aber ziemlich vorwurfsvoll.« »Vielleicht. Ich habe keine Lust, darüber nachzudenken. Als nächstes erklärst du mir, daß mein Unbehagen in der Schule von meinem Unbehagen in der Beziehung zu Christian kommt. Und daß das eine ohne das andere nicht lösbar ist. Vielleicht stimmt das sogar. Aber ich kann nicht alles auf einmal. Für mich ist wichtig, daß ich mit meinem Job klarkomme. Wenn ich jetzt auch noch in diese Auseinandersetzung einsteige, verlier ich völlig den Boden unter den Füßen.«
»Mir geht's darum, daß du mal wieder richtig lachst. Ich habe dich selten so verspannt und hart erlebt wie im Augenblick.«
Ich habe wieder den Kloß im Hals. Der Gedanke an Andreas ist nicht hilfreich. Unsere Beziehung paßt nicht in die Realität. Wir werden diesen Nachmittag in hunderttausend kleine Scherben schlagen. Er ist uns längst aus den Händen genommen. Er hatte schon eine andere Gestalt, bevor wir ihn erlebten. Hinter der Stirn von Frau Pendel. In der Phantasie von Herrn Pohl. Wenn wir Glück haben, bleibt der Umriß. Die Glaswand zwischen uns ist nicht durchlässig.
»Trinkst du noch ein Bier?« fragt Helen in meine Gedanken. »Ja. Es tut mir leid, daß ich so durchhänge.«
»Du solltest das ändern, aber im Moment brauchst du dein Selbstmitleid, oder?«
Diese Seite meines Wesens hat Helen nachhaltig beeindruckt. Das Muster ist ihr vertraut. Als sie versuchte, es mir zu zeigen, war ich nicht in der Lage, es wahrzunehmen. Ich war zu sehr in meinem Leiden. Ich litt an einer Lehrerin. Konzentriert, gebündelt. Sie stand im Brenn-

punkt. Das paßte nicht zu mir. Bis dahin hatte ich mich geübt, Gefühle zu verleugnen. Das machte mich unabhängig. Das machte klarsichtig und überlegen. Die Liebe zu meiner Lehrerin verletzte mich. Sie verriet mich. Ich war sehr unglücklich. So absolut, wie ich mich bis dahin bewahrt hatte, erhob diese Liebe den Anspruch, angenommen zu werden. Von ihr, deren Schönheit auf einem Anhänger um meinen Hals sich ständig meiner Haut versicherte. Von der ich besessen war in meiner Selbstaufgabe, von der ich erwartete, daß sie mich rückgängig machte. Sie hatte mir genug Antworten gegeben. Ich verriet sie öffentlich. Sie hätte mir verzeihen müssen. Damit hätte sie mich ausgelöscht.

Ich hatte Pausenaufsicht. Margarethe, Gerda und Hilde blieben mit meiner Zustimmung. Sie wollten noch Aufgaben abschreiben. Dazu brauchten sie mein Heft. Anderen verkaufte ich Hausaufgaben gegen Geld. Ihnen gab ich sie umsonst. Wir waren befreundet. Aber nun hatten sie mich in der Hand. Sie kannten meine Verletzbarkeit. Die manifestierte sich in den Fächern, die sie unterrichtete. Gerda wohnte in derselben Straße wie sie. Gerda zählte meine Besuche. Auch Margarethe und Hilde wußten von meinen Fahrradausflügen. Sie beschäftigten sich mit meiner Veränderung. Gerda merkte, daß ich sie als Vorwand benutzte. Je mehr ich mich verlor, um so größer wurde ihre Gehässigkeit. Hilde erklärte mich zum Streber. Und Streber, die für ihre Lehrerin schwärmten, seien verpflichtet, für andere mitzuarbeiten. Das sei der einzige Weg, Strebertum zu rechtfertigen. Sie kämpften entschlossen gegen mich. Sie wollten mich aufhalten. Sie bestanden auf unserer Vertrautheit. Ich war nicht mehr erreichbar. Ich brachte ihre Welt durcheinander. Dagegen wehrten sie sich.
Ich gab ihnen mein Heft. Gründliche Arbeit eines ganzen Nachmittages. Das hielten sie nicht aus. Margarethe warf mir das Heft zurück auf die Bank. Das könne sie nicht abschreiben, das sei ein mieser Trick. Es müsse sofort auffallen, daß sie so etwas nicht zustande brächte. Allein schon wegen des Aufwandes. Im übrigen wisse sie inzwischen, wie ich es machte. Gerda habe es ihr erzählt. Ich

würde mir das alles ja persönlich abholen. Die Geschichte mit dem Bücherschrank sei doch erlogen. Soviel Bücher, wie ich mir holen würde, könne ein vernünftiger Mensch gar nicht lesen. Außerdem müßten Bücher aus dem Schrank eines Lehrers stinklangweilig sein. In Wahrheit würde ich mir die Hausaufgaben machen lassen. Direkt an der Quelle. Zumindest würde sie mir doch sagen, wie es ginge. Daß ich vorgezogen würde, das hätten doch inzwischen alle aus der Klasse gemerkt.
Margarethes Vorwürfe prallten auf meinen Rücken. Ich räumte die Geometriesachen in den Klassenschrank. Sie hörten nicht auf. Ich kramte in alten Heften, sortierte Schachteln, öffnete und schloß sie, legte sie hochkant, stieß sie wieder um. »Ich möchte nicht wissen, was ihr miteinander macht, wenn du Bücher holst.«
Hilde und Gerda kicherten. Ich stand mit dem Gesicht im Schrank, meine Hände waren in der Luft hängen geblieben, zwischen den Fingern klemmte ein Stück grüne Kreide. Meine Haut zog sich zusammen. Ich war sehr weit von mir weg. Dann dröhnte mein Kopf. »Ich möchte nicht wissen, was ihr miteinander macht, wenn du Bücher holst.« Meine Finger legten die grüne Kreide gerade und ordentlich neben die rote, meine Füßte traten einen Schritt zurück, meine Hände drückten die Schranktür ins Schloß. Ich hatte kein Gesicht mehr. »Knutscht ihr miteinander?« In Hildes Frage lag echte Neugier. »Frag doch nicht, sie hat doch ihr Bild am Hals. Meine Mutter hat gesagt, daß Mädchen in dem Alter oft für ihre Lehrerinnen schwärmen. Da wäre nichts dabei, das ginge vorüber.« »Aber bei der geht's nicht vorüber, wie man sieht. Und die ehrenhafte Lehrerin macht mit. Vielleicht hat sie sie verführt.« Hildes Stimme klang aufgeregt.
Ich sah Gerda vor mir. Beim pünktlichen Mittagessen. Mit vollem Mund bittet sie ihre Eltern um Aufklärung. Gerda, die mit ihren Eltern nie über sich selbst spricht. Die ihre Eltern für rückständig und inkompetent hält. Zwischen dem Kauen fragt sie, ob es normal sei, wenn ein Mädchen in ihrem Alter das Bild einer Lehrerin um den Hals trägt. Dann schluckt sie. Portionsweise. Die wachen Augen auf die Mutter gerichtet, verfolgt sie deren erschreckten Blick.

Der Vater wischt sich den Mund mit der Serviette, nimmt sich Gemüse. Seine Frau sucht in den Schüsseln nach einer Antwort. Gerda fordert ihre Mutter heraus. Sie hat fertig geschluckt. Deutlich fragt sie: »Ist das normal?«
»Ich bin normal, falls du das meinst.« Ich drehte meine Erstarrung um. Den Beweis legte ich in meinen Blick. Sie hielten ihm stand. »Wirklich?« Hildes Frage war stärker als ich. Also mußte ich beweisen, daß ich nicht liebte. Daß ich nicht so liebte. Daß ich überhaupt nicht liebte.
Ich handelte, weil ich wußte, daß ich nie wieder lieben würde. Ich mußte meine Liebe sofort zurücknehmen. Ich kannte ihre Art, sich ans Pult zu lehnen, genau. Ich wußte die Ordnung ihrer Hände. Überlegt bereitete ich ihre Lächerlichkeit vor. Sie würde sich an den Reißzwecken verletzen. Ich trug dafür die Verantwortung. Die Verachtung, die ich wollte, war meine eigene. Sie hat mir nicht verziehen. Gestorben bin ich dabei.
Meinen Tod habe ich betrauert. Ich habe ihn frierend zelebriert. Ich hielt seine Kälte nicht aus. Ich kannte mich nicht aus in meiner Verzweiflung. Sie sollte meinen Verrat verstehen. Ihn akzeptieren. Das hätte mir eine neue Form gegeben.
Abends ging ich zu ihr. Voller Erklärungen und in der Überzeugung meiner Veränderung. Sie würde mich annehmen. Vielleicht würden wir uns so lieben. Die Vorstellung, sie zu berühren, von ihr berührt zu werden, rann über mein Gesicht. Es war kein Schluchzen im Atmen. Ich durchdrang meine Haut, bereit zum Übergang.
Ich klingelte. Meine Wörter standen schon im Flur. Sie hätte über sie stolpern müssen. In ihrem Schritt war keine Verwirrung, kein Zögern. Sie öffnete. Ihr Gesicht prallte gegen meinen Blick. Niemand hatte mich gelehrt, solcher Kälte mit Wärme zu begegnen. Sie drehte sich um, ging vor mir her. Ich trat auf die Wörter. Ich ließ keines aus. Ihr Rücken verwies mich in mich zurück. Sie öffnete die Tür zum Wohnzimmer, ließ mich stehen, ging ins Bad, wusch sich die Hände. Ich schaute ihr zu, bis ich begriff, daß diese Geste kein Ende finden würde, solange ich da stand. Die Zeit war in meiner Gewalt. Aber ich hielt den Anblick nicht aus, wie sie mich von ihren Händen spülte. Mit

Wasser und Seife. Ich betrat den Raum. Zwei Richter mit harten Augen warteten auf mich. Helens Mutter und die andere. Die, die mit ihr lebte. Sie hatten mein Urteil gefällt. Sie fragten mich nicht. Sie meinten zu wissen. Ich nahm das Urteil an. Ich ging. Ich wollte es ausführen. Ich wollte die, die ich geworden war, erfrieren lassen. Das lag nahe im Winter.

Es war mir nicht kalt genug. Vor der Haustür zog ich den Mantel aus. Meine Tränen versagten. Sie froren nicht. Ich wollte sie als Eiszapfen auf der Haut. Die hätte ich aus dem Gesicht reißen können. Meine Wärme ließ mich nicht los. Am Ende der Siedlung warf ich meinen Pullover weg. Den Mantel behielt ich unter dem Arm. In der Tasche waren noch Zigaretten. Die wollte ich rauchen. Oben auf der Bank beim Mahnmal. Die Nacht war klar. Der Weg hart gefroren, seine Linie deutlich. Aus der Dunkelheit auf der Kuppe des Hügels tauchte der deutsche Soldat. Er war mir vertraut. Mein Verbündeter. Hier kam ich her zum Denken. Sonst. Er war gefallen und stand dort. Das verband uns. Dunkel kannte ich ihn nicht. Er war noch toter. Sehr gerade, sehr aufrecht. Ich setzte mich auf die Bank, übernahm sein Schweigen. Die Lichter der Stadt beunruhigten unsere Stille. Ich verschloß ihnen die Augen. Der Stein in meinem Rücken zog mich in seinen Winter. Ich rauchte. Meine Hände waren kaum zu gebrauchen. Die Glut der Zigarette konnte ihnen nichts anhaben. Dann kam das Zittern. Elementar schüttelte es meinen Körper. Der Kiefer verkrampfte sich. Die Hände erpreßten die Knie. Ich öffnete die Augen zu einem Spalt, zerlegte das Licht in Strahlen, ließ alles verschwimmen, spürte das Licht an den Wimpern. Der Soldat kämpfte. Unbeweglich und aufrecht verbrauchte er mich. Ich unterbrach den Kontakt und legte mich mit dem Mantel unter dem Kopf auf die Bank. Ich sah ihn an. Sein Blick nirgendwohin verweigerte mir sein Interesse. Es war mir gleichgültig. Ich stellte das mit Genugtuung fest. Jetzt konnte ich schlafen. Ich schloß die Augen. Der Soldat hinter den Lidern war weiß. Neben dem Stahlhelm ein schwarzer Mond. Mir fielen die restlichen Zigaretten ein. Das Rauchen würde mich Zeit kosten. Ich richtete mich auf, entwirrte den

Mantel, suchte die richtige Tasche. Der Kiefer hielt nicht mehr. Der Frost schüttelte mir den Mantel aus den Händen. Ich zerfiel in Einzelteile. Die arbeiteten an einem Schrei. Sie würgten ihn tief aus der Mitte. Er prallte gegen den Soldaten. Dort blieb er hängen. Erfroren.
Als Helen nach Hause kam, waren meine Tränen verbraucht. Das Schütteln blieb, bis ich einschlief. Am nächsten Morgen ging ich nicht zur Schule. Helen hatte mir einen Zettel auf den Tisch gelegt. In Druckbuchstaben: »Damit begann ich, ich verlernte das Mitgefühl mit mir.« Helen las damals Nietzsche.

Die Kellnerin bringt die beiden Biere. Wir bezahlen. Unser Aufbruch ist programmiert. Ich bin müde. »Laß uns gehen«, sage ich zu Helen, »ich muß ins Bett.«
Helen nimmt ihre Tasche, schiebt sich aus der Bank, schaut mich aufmerksam an. »Kommst du morgen vorbei?«
Ich nehme meinen Mantel. Mir fällt die Antwort nicht ein.
»Wir fahren morgen zum See. Bernd und die Kinder wollen segeln. Vielleicht tut es dir gut, wenn du mal rauskommst.«
Helen geht vor mir. Ihre Schritte nehmen die Stufen vorweg. Vor solcher Bewußtheit müßte die Tür sich von selbst öffnen. Ich kann mich nicht erinnern, daß Helen sich je bedauert hätte. Seit unserer Schulzeit habe ich sie nur einmal weinen sehen. Als sie sich verliebt hatte. Das brachte ihre Ehe durcheinander. Sie verzichtete auf den anderen, weil Bernd ihn nicht ertrug. Helen entschied sich endgültig. Mich irritierte das damals.
Helens Rücken begrenzt den Rahmen. Die Spiegelung der Glastür schiebt mich in den Raum zurück. Ich gehe an mir vorbei, nehme Helen die Tür aus der Hand. Hinter mir falle ich ins Schloß. Im Auto gähnen wir uns an. Das ersetzt Wörter.
»Überleg es dir noch mal«, sagt Helen beim Aussteigen. »Bei dem Wetter macht es doch Spaß. Lange geht's nicht mehr.«
Ich wünsche ihr eine gute Nacht. Ich weiß, daß ich nicht segeln werde.

9

Der Wunsch, diesen Tag endlich zu Ende zu bringen, beschleunigt meine Fahrweise. Ich möchte schlafen. Auf jeden Fall mit niemandem mehr reden. Ich parke den Wagen. In meiner Wohnung brennt Licht. Christian.
Abwehrend schließe ich die Haustür auf. Jede Stufe, die mich ihm näher bringt, macht mich wütender. Ich werfe ihm seine Ahnungslosigkeit vor, seine Unfähigkeit, mich wahrzunehmen. Er hätte längst merken müssen, daß ich ihn nicht mehr ertrage, daß er mich einengt, meine Wohnung besetzt, mich konsumiert. Ich werde ihm das alles sagen. Genauso wie ich es denke, in denselben Worten. Das ist deutlich. Das muß er begreifen. Es wird ihm nichts übrigbleiben, als es zu akzeptieren und zu gehen.
Ich hänge meinen Mantel an den Haken. Da, wo auch Christian ihn hingehängt hätte. Ich höre ihn im Bad. Ich fühle mich zu müde für diese Auseinandersetzung. Außerdem ist es Unsinn, sich so zu verhalten. Eine langjährige Beziehung läßt sich nicht einfach abbrechen. So einfach durch Wörter. Von einer Minute zur anderen. Ich kann Christian nicht hinauswerfen. Er würde das nicht verstehen. Ich würde ihn ungeheuer verletzen. So geht man nicht miteinander um. Da gibt es Spielregeln. An die muß man sich halten. Diese Argumentation ist mir zu moralisch. Ich fasse den ökonomischen Aspekt meiner Wünsche ins Auge. Ich bin müde, also gereizt. Ich möchte in Ruhe gelassen werden, also ist es unsinnig, Aufregung zu provozieren. Ausgeschlafen kann ich Christian viel besser standhalten. Ohne Mißverständnisse, ohne Wut. Wahrscheinlich sind meine Wünsche nur die Summe meiner Müdigkeit.
Im Bad ist es still. Vielleicht ist er eingeschlafen. Ich öffne die Tür, Christian hat sich im Schaum vergraben. Die Arme hinter dem Kopf verschränkt, wendet er mir sein

Gesicht zu. Es ist weich und offen. Seine Augen freuen sich. Ich beuge mich über ihn, küsse seine nasse Haut. Er faltet die Hände in meinem Nacken. Er wird nicht ertrinken. Ich suche nach meiner Wut. Da ist nur der Wunsch, in Christians Wärme aufgehoben zu sein. Ich drehe mich aus seinen Händen. Unsere Augen sind ineinander. Ich kleide mich aus, steige zu ihm, lege mich auf ihn. Um mich herum zerplatzt der Schaum. Das Wasser schwappt über den Rand. Ich tauche in die Wärme. Sie hüllt mich ganz ein. Ich habe keine Kiemen. Mir geht die Luft aus. Mein Prusten schleudert mich empor. Ich dringe in Christians Ohr. Er ist voll von meinem Lärm. Er hält dem stand. Ich hole mich zurück. Behutsam berühren sich unsere Körper. Unserer Haut begegnet unmittelbare Zärtlichkeit. »Komm«, sagt Christian, »komm mit ins Bett.« Die Wut ist wieder da. Ich höre nicht hin. Ich lasse mich fallen, gegen das Wasser. Ich spüre Christians Begehren hart an meinem Bauch. Meine Heftigkeit hat den Zwischenraum von Zärtlichkeit weggespült. Ich öffne den Mund. Er läuft voll Wasser. Es schmeckt nach Seife. Ich werde damit ins Bett gehen, mich Christian hingeben und meinen Orgasmus mit einer Fontäne verkünden. Der Gedanke erheitert mich. Ich probiere es aus. Mir gelingt ein Rilkestrahl. Christian ist die Schale. Er flüchtet. Ich folge ihm ins Bett.

Christian behauptet mich zu lieben. Sein Motiv ist mir unklar. Er will oder kann es mir nicht erklären. Christians Hände sind schmal und knochig. Wahrscheinlich hätten wir nie miteinander schlafen dürfen. Er hat mich versachlicht. Ich habe es geschehen lassen. Er hält Selbstverständlichkeit für Vertrautheit. Das spart Zärtlichkeit. Seine Hände sind sicher und zuverlässig. Er kennt sich aus auf meinem Körper. Seine Küsse sind nie peinlich. Sie sind wie seine Hände. In seinen Armen wärmt mich meine eigene Wärme, mein eigener Körper erregt mich. Christians Distanz bewahrt mich vor seiner Leidenschaft. Mit ihm hat im Bett alles seine Ordnung.

Christian ist nicht Jonas. Jonas konnte riechen, wenn ich mit jemand anderem geschlafen hatte. Tage später. Jonas fühlte den anderen in meinen Poren. Er tränkte meine

Haut mit seiner Traurigkeit, mit seinem Zorn, bis es auch meine Traurigkeit und mein Zorn war. Dann liebte mich Jonas, selbst unfähig zur Liebe. Christian merkt Andreas nicht. Christian ist beschäftigt. Seine Hände streicheln meine Hüfte, sie werden sich meiner Scham nähern, sie werden behutsam meine Klitoris bewegen, sie werden Christian den Weg bahnen.
Ich mag nicht mehr. Das Ritual macht mich krank. Es ist genau wie meine grotesken Wallfahrten von der Klassentür zum Lehrertisch mit dem Flügelaltar dahinter. Dort zelebriere ich den Prediger in der Wüste, hier Mariae Empfängnis. Aber ich fühle mich nicht. Mein Körper ist hohl, ausgedörrt, verrußt. Er soll sich bewegen, brennen. Seine Verweigerung schmerzt.
»Ich möchte, daß wir uns trennen.« Ich schiebe Christian von mir. Einen kurzen Moment hält er meine Geste auf.
»Ja«, sagt er dann, »ja.« Sorgfältig führt er die Bewegung zu Ende. Er liegt neben mir. Er schweigt. Wir berühren uns nicht. Ich habe Angst vor dem Ausdruck seiner Augen. Ich will ihm standhalten. Ich wende mich ihm zu. Christians Augen sind geschlossen. Seine Mundwinkel zittern. Christian weint. Ganz in seinen Körper zurückgezogen, läßt er sich nicht frei. Die Tränen fallen langsam aus dem geschlossenen Gesicht.
»Ja«, sagt Christian.
»Ich muß eine Weile allein leben. Wahrscheinlich muß ich grundsätzlich allein leben. Ich brauche Zeit zum Nachdenken. Auch dazu muß ich allein sein.« Meine Hände wollen seine Tränen aufheben, sein Gesicht trocknen, ihn wärmen. Aber da ist wieder die Wut. Mein Mitleid. Das will ich nicht haben. Ich schaue genau hin. Ich bin versucht, meine Worte rückgängig zu machen, mich rückgängig zu machen. »Ich halte die Gleichgültigkeit zwischen uns nicht aus.« Seine Tränen machen mich zum Lügner. Ich wende mein Gesicht von ihm ab.
»Ja«, sagt Christian, »ich werde morgen früh gehen.«
Er legt einen Arm über meine Brust, seine Hand schiebt sich unter meinen Rücken. Es gibt nichts mehr zu sagen. In meinem Hals sitzt der Kloß. Er hält mich zusammen. Ich bin da drin. Ich darf mich nicht rühren. Ich will da drin

bleiben. Jedenfalls solange Christian noch hier ist. Ich lösche das Licht.
Christian schläft sofort ein. Das hat mich früher gestört. Ich empfand es als Zurückweisung. Jetzt bin ich erleichtert. Ich hatte gehofft, daß er sich schützt.
Daß in Christian Tränen sind, verwirrt mich. Tränen habe ich nur Jonas zugestanden. Und mir. Christian fällt aus meinem Bild. Damals als ich wegen Jonas an Christians Gesicht weinte, nahm ich seine Tränen in Anspruch. Ich hatte zu wenig. Ich war Jonas begegnet. In Palermo.
Christian und ich reisten durch Sizilien. Das hatte ich Jonas geschrieben. Jonas lebt in Palermo. Er rief an im Hotel. Wir verabredeten uns zum Essen. Mit Christian.
Vormittags fuhren Christian und ich nach Monreale. Der Schirokko setzte uns zu. Der Schweiß verletzte die Haut. Christian nahm meine Hand. Unsere Nerven berührten sich. Wir stolperten aus dem Bus. Vor dem Portal bogen sich die Palmen. Das hatte ich nicht erwartet. In meiner Vorstellung ließen sich Palmen nicht biegen. Der Wind zerblies meine Bilder, nahm sie mit, zerstreute meine Erinnerung. Ich verlor ein Stück Zuverlässigkeit. Das sollte Christian wissen. Er stand vor dem Dom, betrachtete das Portal. Sein Gesicht hielt dem Wind stand.
Wir betraten die Kirche. Ich war auf Erkennen eingestellt. Christian und ich hatten uns gründlich vorbereitet. Wir wußten Bescheid. Über alle Einzelheiten. Auf Hochglanzpapier. Aber da blieben sie einzeln. Hier war das Ganze. Damit hatte ich nicht gerechnet.
Die Farben fielen aus den Buchseiten, machten sie ungelesen. Ich sah ihre Bedeutung in den Buchstaben an der Decke, las ihre Schönheit. Ich vergaß den Schirokko. Meine Haut hatte sich beruhigt. Die Palme mir gegenüber stand aufrecht im Gold.
Ich spürte Wärme in meinem Rücken. Sie war fremd. Voller Abwehr drehte ich mich um. Da stand Jonas. Die Aufregung, ihn abends zu sehen, ballte sich zusammen. Jonas lächelte. Er sah mich genau an. Er verglich sein Bild mit dieser Begegnung.
»Hallo«, sagte er. Seine Aufmerksamkeit verstreute sich.

Jonas überließ mir sein Profil. Er suchte Christian. Den hatte eine Seitenkapelle.
»Hallo«, sagte ich. Es war das richtige Wort, nur den Klang konnte ich nicht finden. Meine Verwirrung traf sein Gesicht. Jonas nahm sein Lächeln zurück. Ich lieh es mir aus. Ich vergaß die Fragen. Ich hatte sie ihm schon zu oft gestellt, seitdem er gegangen war, ohne Erklärung. Ich sah, daß Jonas keine Antwort hatte. »Ich bin hier heraufgekommen, weil ich heute abend nicht kann. Aber ich wollte dich wenigstens sehen.«
»Und was siehst du?«
»Du hast dich nicht verändert. Nur daß du ein andächtiges Gesicht haben kannst, wußte ich noch nicht. Ich habe dich hereinkommen sehen.«
Jonas' Lächeln auf meinem Gesicht funktionierte. »Ich war froh, daß ich aus dem Wind war.« »Hältst du ihn aus?« Seine Stimme war kaum beteiligt. »Wo ist Christian, ich möchte ihn kennenlernen.« Sein Interesse war echt. Jonas brauchte ein Alibi. Christian stand auf der anderen Seite. Er hielt Zwiesprache mit einem Heiligen. Sicher hatte er Jonas längst gesehen. Er ließ mir Zeit. Christian kannte meine Fragen an Jonas. »Das ist Jonas.« Die beiden Männer gaben sich die Hand. Das wirkte lächerlich. »Ich hätte gerne heute abend mit euch gegessen und euch die Stadt gezeigt. Aber ich kann nicht. Es ist mir etwas dazwischengekommen. Ich wollte Bescheid sagen, damit ihr nicht auf mich wartet.«
»Schade«, sagte Christian. Er sah mich an. Ich schenkte ihm das von Jonas geliehene Lächeln. Es tauchte in Christians Augen unter. »Ihr fahrt morgen weiter nach Syrakus?«
»Nein, zuerst nach Piazza Armerina. Wir haben uns vorgenommen, kein Mosaik auszulassen.« Jonas lachte. Dieses Lachen war mir vertraut. Er würde gleich gehen.
»Ich muß weg. Ich werde erwartet. Im Herbst komme ich nach Deutschland. Ich werde mich melden.«
»Mach's gut, Jonas«, sagte ich. Aber ich meinte nicht, was ich sagte.
Es kostete Mühe, neue Bewegungen zu finden, nachdem er gegangen war.

Es ist Herbst. Jonas hat sich nicht gemeldet. Er hatte es nie vor. Jonas hat mich nicht zugelassen. Auch nicht in den Jahren, in denen wir zusammenlebten. Das habe ich in Palermo noch nicht begriffen. Damals galten meine Tränen meiner Unfähigkeit, so zu sein wie er. Damit hat Christian gelebt.

Ich fange an zu begreifen, daß Christian mich morgen verläßt. Ich versuche, mich an die Kirche zu erinnern. Da ist Jonas, seine Haare in langen Wellen bedecken das Meer. Aus dem Bild lösen sich goldene Steinchen. Sie regnen auf die Bänke, zerspringen. Diesen Traum will ich nicht. Ich kenne sein Ende.

10

Ich falle aus mir heraus. Es riecht nach Kaffee. Christian hantiert in der Küche. Christian der Sonntagsmann. Er setzt kein Zeichen. Es hat sich nichts verändert. Das ist ein Sonntagmorgen wie jeder Sonntagmorgen. Von meinen Wörtern ist keins übriggeblieben. Ich werde sie zurückholen, sie auf den Frühstückstisch legen und mit Marmelade bestreichen. Auf diesen Vorsatz reagiert mein Magen hysterisch. Er zieht sich um die Wörter zusammen, hält sie fest, mauert sie ein. Ich wiederhole sie. Ich werde sie Christian einzeln über den Tisch schieben. Er wird mehr als ein Ja brauchen, wenn sie nicht herunterfallen sollen. Ich will, daß er sie sammelt, festhält, annimmt. Ich will neue von ihm. Mit seinem Ja habe ich nichts zu tun. Damit nimmt er mich aus sich heraus. Kommentarlos. Das macht mich hilflos.

Ich ziehe die Decke über den Kopf. Die Sonne bleibt in meinen Augen. Ich höre Christian. Er bringt mir den Kaffee ans Bett. So ist das jeden Sonntag. Ich mag Kaffee vorm Zähneputzen. Christian stellt die Tasse ab. Ich tauche auf. Sein Blick fällt in meine Angst. Ich schäme mich. Ich weiß nicht, warum.

»Es tut mir leid«, sage ich. Christian setzt sich. Ich wende mich ab, nehme die Tasse, trinke einen Schluck. Ich fühle ihn innen. Mein Magen vereinzelt die Wörter. Christian berührt mich mit seinem Schatten. Sein Gesicht ist traurig. Die Gewißheit seines Mundes weist meine Angst ab. Seine Augen zählen auf mich. Ich werde mir nicht erspart bleiben.

»Das Frühstück ist fertig. Möchtest du ein oder zwei Eier?«

Christian fragt ohne Sarkasmus. Er gibt mir keine Chance. Ich kann nicht mehr ausbrechen.

»Eins«, sage ich und trinke den Kaffee aus. Christian nimmt die leere Tasse, zögert einen Moment, steht auf und geht. Das ist eine Auslassung. Wir werden nicht miteinander schlafen, wir werden gleich frühstücken. Ich habe heute nacht die Gewohnheit aus unserer Beziehung genommen. Das hat uns verändert. Ich werde lernen, damit umzugehen.

Christians Bewegungen sind selbständig. Sie sind mir fremd, obwohl sie kaum abweichen. Ich bin nicht mehr sicher. Er hat mit meinen Bildern nichts mehr zu tun. Christian fällt mir auf. Ich versuche, ihm ein Gesicht zu geben, das mir vertraut ist. Das gelingt nicht. Sein Gesicht bleibt das, das mit mir nichts zu tun hat. Sein Gesicht ist schön. Ich gehe ins Bad.

Der Spiegel reduziert mich auf mich selbst. Die Angst, die mich anschaut, spüre ich nicht. Angst ist ein Problem der Farbe. Sie läßt sich wegtönen. Aber die Utensilien, mit denen ich meine Öffentlichkeit herstelle, sind auf dieses Gesicht nicht bezogen. Mir wird bewußt, daß ich keine Rolle mehr habe.

Aus der Dusche kommt kein Sand. Das ist schade. Das würde vieles ändern. Zumindest wäre Sand angenehmer als Hirsebrei. In heroischer Pose würde ich in der Wanne versanden. Mit zum Eierköpfen erhobener Hand säße Christian für immer am Küchentisch. Zwei Figuren in einem Stundenglas, das niemand umdreht.

Während ich mich abtrockne, schleife ich den Vorleger durch meine Pfützen. Ich nehme den Bademantel. Der Spiegel ist beschlagen. Ich kann nicht nach mir schauen.

Christian ist inzwischen angezogen. Seine Zimmertür steht offen. Er hantiert mit Papieren.

»Ich bin fertig«, sage ich, »wir können frühstücken.«

So schnell, wie ich mich abwende, drehe ich mich wieder um. Ich will sein Gesicht sehen. Ich gehe auf ihn zu, möchte ihn berühren. Christian hält mich auf. »Nein«, sagt er, »ich werde jetzt gehen. Ich brauche Zeit. Und du auch. Wenn wir jetzt miteinander reden, werden wir uns gegenseitig nur verletzen.«

Er schiebt die Schreibtischschublade zu, nimmt seinen Autoschlüssel und die Aktentasche. Ich bewege mich nicht. Christian geht an mir vorbei. Er spart sich die Berührung. Mein Blick bringt ihn auch auf der Treppe nicht zum Stolpern. Hinter ihm fällt die Tür ins Schloß. Er hat seine Jacke nicht hängen lassen.

»Jetzt bist du allein«, denke ich, »du hast es so gewollt.« Ich werde frühstücken und danach Christians Zimmer umräumen. Ich will es wieder in Besitz nehmen. Als Arbeitszimmer. In der Küche fühle ich mich nicht wohl. Christian hat seine Fürsorge für mich ohne Vorwurf auf den Tisch sortiert. Der Kaffee ist warm gestellt. Ich trage das Geschirr in mein Zimmer, stelle es mitten auf den Fußboden, öffne die Fenster und suche unter den Platten nach Theodorakis. Der Transport der Eier, von Brot und Butter dämpft meine Sentimentalität. Mein Picknick ist einigermaßen trotzig. Ich krümle bewußt um mich herum. Der ganze Tag gehört mir. Ich bin das nicht mehr gewöhnt. Ich mache ein Programm.
Zunächst werde ich das tun, was man »den Haushalt in Ordnung bringen« nennt, dann Christians Zimmer umräumen und anschließend in meinem wiederhergestellten Arbeitszimmer Hefte korrigieren. Ich schlage das zweite Ei auf. Christian hat nicht gefrühstückt. Er wird ins Institut gefahren sein. Das tut er immer, wenn es ihm nicht gut geht. Sein Verhalten vorhin war wieder ein Beispiel seiner unbeirrbaren Vernunft. Warum verliert Christian nie die Fassung? Er hätte mich nicht so ausschließen dürfen. Ihm ist sicher genauso klar wie mir, daß unsere Beziehung so nicht weitergehen kann. Die Art seines Weggehens ist der deutlichste Beweis. Wir haben keinen Zugang zueinander. Er hat mich beiseite gestellt.
In mir macht sich das Gefühl von vorhin breit. Es bedroht mich. Das Gefühl, nie wieder wachsen zu können. Christian hat mich in einer Flasche eingesperrt. Ich weiß nicht, wie man glatte Wände hinaufsteigt. Vielleicht weiß es Christian. Er hat es mir nicht gesagt.
Das Ei schmeckt mir nicht. Derartige Appetitlosigkeit werde ich nicht akzeptieren. Glatte Wände sind kein Hindernis. Ich werde mich ausdehnen und den Korken sprengen. Christian wird mit mir reden müssen.
Ich drehe die Platte um. Mit Jonas habe ich immer auf dem Fußboden gefrühstückt. Oder im Bett. Es gab jedesmal

Schwierigkeiten zu entscheiden, wer in die Küche mußte. Jonas erfand dazu die verschiedensten Spiele. Ich verlor gewöhnlich. Jonas mogelte ständig.
Es ist die Musik. Die gehört Jonas. Deshalb fällt er mir ein. Aber ich will nicht an Jonas denken. Theodorakis erstirbt in einem gräßlichen Seufzer. Ich spiele meinen eigenen Oberkellner, hole das Tablett und balanciere die Reste meines Frühstücks gekonnt in die Küche. Der Lust, alles fallen zu lassen, kann ich gerade noch widerstehen. Scherben passen nicht in den Staubsauger.
Wenn ich so weitermache, nähert sich meine Vernunft der Christians. Ich stelle das Tablett auf einen Stuhl. Da ich allein bin, brauche ich keine Ordnung. Die wird erst notwendig, wenn man zu zweit lebt. Oder zu mehreren. Ich kann es mir ab heute erlauben, meinen Haushalt zu vernachlässigen. Schließlich verdiene ich genug Geld, um mir jeden Tag neues Geschirr kaufen zu können. Wenn ich das durchhalte, bis Christian bereit ist, mit mir zu reden, wird er Schwierigkeiten haben, mich zu finden. Vorausgesetzt ich bin gerade in der Küche. Sein Klingeln werde ich nicht hören. Geschirr dämpft den Schall. Das hat den Vorteil, daß ich keinen Schreck bekomme bei dem unerwarteten Geräusch. Der Tellerstapel über meinem Kopf könnte bei einer unbedachten Bewegung in die Salatschüsseln stürzen. Das wäre dumm. Und gefährlich. Christian wird die Tür nicht eintreten, wenn ich nicht öffne. Er weiß, was sich gehört. Schließlich wohnt er ja nicht mehr bei mir. Er wird lieber noch einmal klingeln. Länger. Vielleicht fordernder. Währenddessen wasche ich den Salat. Das zweite Klingeln werde ich hören. Mich jetzt aus dem Geschirr zu ziehen, würde bedeuten, den beschwerlichen Weg durch das Porzellan noch einmal machen zu müssen. Den von der Tür zum Spülbecken. Ich werde Christian zurufen, er solle den Schlüssel auf dem Zähler benutzen, ich könne nicht kommen, sei aber gleich fertig.
Ich werde mich freuen. Trotz der Angst vor der Auseinandersetzung. Christian wird versuchen, die Tür zu öffnen. Der Kücheninhalt scheppert bedrohlich. Ich rufe Christian eine Warnung zu. Die bebt befremdlich durchs Geschirr. Es kommt ins Rutschen. Das Ergebnis mehrwöchigen

Wartens stürzt in sich zusammen und hinterläßt einen relativ kleinen Scherbenhaufen.
Vor der Tür liegen die Brösel der Woolworthgläser, die ich erst wenige Tage zuvor gekauft habe. Zusammen mit einem fehlerhaften Service für zwölf Personen. Die Rosen seines Dekors blühen auf dem Linoleum. In Gläserschnee gebettet. Aber für diese Schönheiten werde ich in diesem Augenblick keine Zeit haben. Ich will zu Christian. Ich schiebe das Naturwunder mit dem Fuß beiseite und öffne die Tür. Ich suche Christian, seine Arme, seine Bewunderung. Hat er bisher an mir doch nie soviel Konsequenz gesehen, solche Beharrlichkeit und Ausdauer. Ich werde diese Tugenden unter Beweis stellen. Zumal mir gar nichts anderes übrigblieb, als sie zu erlernen, wo er sie doch mitgenommen hatte, als er mich verließ. Er hatte sie in den gemeinsamen Haushalt eingebracht.
Doch der Flur wird leer sein. Ich werde umsonst nach ihm rufen. Christian wird nicht zurückkommen.
Meine Angst ist unbegründet. Wir werden das Gespräch führen. Nicht nur das eine. Mit Konsequenz und Beharrlichkeit. Aber ich will nicht zuverlässig sein. Meine Zuverlässigkeit macht mich krank. Christian rechnet mit ihr. Er rechnet damit, mich vorzufinden. Eine Frau, in der er sich wiedererkennt, mit der er gelebt hat, die sich in ihm wiedererkennt. Diese Gemeinsamkeit wird uns festlegen. Sie wird unser Gespräch sein. Wir werden unsere Zeit vertun, indem wir im anderen nach uns suchen, um uns ihm wieder wegzunehmen. Wir werden Wörter erfinden, die zurückholen sollen, was uns am anderen gehört. Dabei werden wir uns noch ähnlicher werden.
Auch Jonas hat mit meiner Zuverlässigkeit gerechnet. Sie gab ihm ein Stück Freiheit. Ein Stück Freiheit, das er vor mir hütete. Es hätte mich verändert. Ich liebte ihn, weil er mir die Veränderung ersparte. Ich lieh sie mir aus, diese seine Freiheit, wenn ich sie brauchte, wie er meine Zuverlässigkeit. Als ich sie ihm vorenthielt, damals als ich anfing zu lernen, eine Lehrerin zu sein, reichte seine Freiheit nicht für uns beide. Jonas verlieh sie nicht mehr. Dazu brauchten wir kein Gespräch. Es gab nichts zurückzunehmen.

Ich habe nie über Jonas nachgedacht. Das erübrigte sich. In meinem Kopf sind Bilder. Die lassen sich hervorholen. Nach Bedarf. Mir ist entgangen, wie abgegriffen sie sind. Die ewige Sonne schmerzt in den Augen. Momentaufnahmen. Diese Bilder habe ich gemacht. In ihnen sind meine Gefühle aufgehoben. Gefühle, die ich möglicherweise nie gelebt habe. Aber Jonas hat es gegeben. In dieser Wohnung. Zusammen mit Marie.
Marie wollte, daß Jonas ging. Marie mit ihrer Vernunft, die die anderen betraf. Jonas hatte seinen Schatten vergessen. In ihm wucherte meine Zuverlässigkeit. Sie machte mich tüchtig. Dabei verlor ich mein Lachen.

Ich trete gegen den Stuhl mit dem Frühstückstablett. Er kippt. Das Geschirr übertönt den Lärm meiner Gedanken. Ich fühle mich albern. Ich werde den Küchenschrank nicht aus dem Fenster werfen. Mit bloßen Händen einen Schrank zu demolieren, ist ohnehin nicht möglich. Jedenfalls mir nicht. Es ist besser, sich an ein Programm zu halten. Ich habe ein Programm. Eins für den heutigen Tag. Die Realität meinen Phantasien anzunähern, bringt mich nicht weiter. Oder ich gehe Segeln. Das ist keine Lösung. Ich muß ein Konzept finden. Das wird mir beim Segeln nicht gelingen. Ich werde eine neue Wohnung mieten. Es war nicht gut, in diese Wohnung zurückzukommen. Ich hätte wissen müssen, daß ich Jonas hier vorfinde. Wahrscheinlich wollte ich das. Seitdem habe ich eine künstliche Geschichte. Das muß ich ändern. Ich werde nicht Christian ausräumen, sondern Jonas. Das löst die Verknüpfung. Irgendwo in meinem Schreibtisch sind Farben. Ich werde Christian malen. Den Christian, dessen Gesicht ich an Jonas verschenkt habe. Ich werde die Jonasfarben aus ihm herausnehmen. Ich möchte wissen, wer Christian ist.
Die Schublade mit den Fotos nehme ich mit in die Küche. Ich sortiere die Bilder von Jonas nach links, die von Christian nach rechts. Es sind nicht viele. Der Jonasstapel ist etwas größer. Jonas in der Bretagne, Jonas in einem alten Auto, Jonas am Meer, Jonas in Berlin, Jonas im Pariser Straßencafé.

Jonas der Bewegliche, der Gereiste, der Unabhängige, der seinen eckigen Körper in der Badehose genauso ins Bild rückt wie im Rollkragenpullover mit Intellektuellentouch.
Jonas genießt sich. Er eignet sich alles an, das Meer, die Dinge, sich. Sein Zugriff läßt nicht einmal Bäumen Platz.
Im rechten Stapel finde ich keine Positur. Christian in London. Sein Lächeln gilt mir. Ich sehe verliebt aus. Ich wußte nicht, daß ich je in Christian verliebt war. Christian eignet sich nicht zum Verlieben. Christian im Boot, beschäftigt, vertraut, zuverlässig. Christian, nicht Jonas.
Christian der Assistent. Man sieht ihm die Sache an. Für ihn ist der Tisch vor der Tafel keine Barriere. Er lehrt, während ich unterrichte. Christian hat keinen Gregor. Er macht sich keine Bilder von denen, mit denen er es zu tun hat. Im Gegensatz zu mir. Der Gedanke gefällt mir nicht. Er stellt mich in Frage. Das würde bedeuten, daß ich andere nicht zulasse.
Habe ich Christian nicht zugelassen, so wie Jonas mich nicht zugelassen hat? Ich habe keine Vorstellung von Christian. Mir fehlt die Erinnerung. Die gehört Jonas. Gegenwart hat es mit Jonas nicht gegeben. Nur Augenblicke. Augenblicke, die den anderen nicht betrafen. Es gab keine Verbindung. Also doch Momentaufnahmen. Aufnahmen eines Entwurfes, der nicht stimmte. Als ich hierher zurückkam, bin ich zu diesem Entwurf zurückgekehrt. Das war falsch. Ich lebe in Zwischenräumen. Es sind nicht meine.

So komme ich nicht weiter. Ich werfe die Bilder zurück in die Schublade. Durcheinander. Aus Christian wächst ein Hosenbein. Er steht vor der falschen Kulisse. Ich hole mir eine Schere. Das Ausschneiden ist nicht einfach. Eine Brandungswelle rollt aus am Piccadilly Circus. Jonas wird an die Coca-Cola-Reklame gespült. Vor diesem Hintergrund wirkt er verhungert. Ich baue ihm ein griechisches Haus. Es ist sehr weiß. Er muß sich entscheiden. Aus der Leuchtreklame beobachten ihn Christians Augen. Ich

suche nach einer Kuh. In der Schublade grast keine. Statt dessen wandeln vier Nonnen auf dem Wasser. Die Proportionen sind falsch. Ich lasse die Nonnen versinken. Jonas ist in guter Hut.
Das Telefon klingelt. »Hallo«, sagt Andreas, »du fehlst mir. Aus Verzweiflung sitze ich am Schreibtisch und korrigiere die deprimierenden Ergebnisse meines ausgezeichneten Unterrichts. Was machst du?« »Ich räume mich auf.« »Und das am Sonntag? Dann muß es schlimm sein.« »Ist es auch. Ich bin ab heute allein. Nur weiß ich noch nicht, wie man das macht.« »Habt ihr Krach?« »Nein. Wir haben uns getrennt.«
Eine Kuh wäre doch besser als die Nonnen. Mythischer.
»Willst du herkommen?« »Nein.«
Schade, daß Christian kein Drachenflieger ist. Als heiliger Geist wirkte er sicher überzeugend. Das würde die Nonnen entschärfen.
»Machen wir einen Spaziergang«, schlägt Andreas vor.
»Nein. Ich habe keine Lust zu reden. Sei nicht böse. Wir sehen uns morgen in der Schule. Mach's gut.«
»Tschüs«, sagt Andreas. Es klingt betreten. Er wird mich neu denken müssen. Das bringt Irritation.
Ich lege den Hörer auf, stelle die Klingel auf leise und trage den Apparat ins Bad. Ich schließe hinter dem Rest meines Redebedürfnisses die Tür.
Mir fällt mein Programm ein. Aufräumen, Umräumen, Korrigieren. Das verfängt nicht. Zunächst werde ich die Zeitung nach Wohnungsangeboten durchsehen. Ich werde mir eine neue Geschichte mieten. In der will ich die Hauptrolle spielen. Außerdem sollte ich morgen ein Inserat aufgeben. »Studienrätin sucht Zwei- bis Dreizimmerwohnung.« Die Zeitung liegt ungelesen auf meinem Schreibtisch. Ich verstreue den Inseratenteil auf dem Boden, suche einen roten Filzstift und wundere mich über meinen Optimismus. Ich bin eine Person mit gesicherter Existenz. Ich habe ein festes Einkommen. So jemand kann wählen, für so jemanden ist der Wohnungsmarkt gedacht. Ich werde mich nicht verkleiden müssen, wenn ich mit dem Vermieter verhandle. Anders als damals, als Jonas

und ich diese Wohnung hier mieten wollten. Jonas hatte sich die Haare geschnitten und verzichtete auf den Parka. Die alte Dame, der die Wohnung damals gehörte, legte Wert auf anständige Leute. Und die Verhältnisse mußten ordentliche sein. Ich zog einen Rock an. Am Tag vorher hatten wir uns Ringe gekauft. Für die linke Hand. Das machte aus uns Menschen mit Zukunft. Schon im Laden nannte Jonas mich seine Braut. Das ärgerte mich maßlos. Er malte sich aus, mich unter weißen Schleiern verhüllt auf Händen der Dame in den Salon zu tragen. Ich sei sein kostbarster Schatz und das Gefäß all seiner ungeborenen Kinder.

Als wir die Zusage für die Wohnung endlich hatten, mochten wir uns nicht besonders. Meine Rolle war mir zu albern. Jonas gefiel sie. Seine eigene spielte er ohne einen einzigen Fehler.

Wir machten einen guten Eindruck. Es ist ja auch vernünftig, erst zu heiraten, wenn man etwas in den Händen hat. Und das Examen stand ins Haus. Dazu braucht man Ruhe und die Unterstützung des Partners. Auch die Geborgenheit spielt eine wichtige Rolle. Das sind unbestreitbar Gründe, die die moralischen Bedenken überwiegen. Zumal wir ja schon länger verlobt und die Eltern mit diesem Übergang auch einverstanden waren. Selbstverständlich hatten wir mit ihnen zusammen nachgedacht. Schließlich stammte ich aus einem Pfarrhaus. Da ging man nicht leichtfertig mit solchen Entscheidungen um.

Noch nach dem Gespräch spürte ich einen protestantischen Zug um den Mund.

Beim zweitenmal war es leichter. Ich brauchte keinen Rock anzuziehen. Ich hatte einen Titel. Die alte Dame war gestorben. Ihr Sohn versieht die Geschäfte. Ein tüchtiger Mediziner. Die Vermietungen sind ihm lästig. Er schätzt langjährige Mieter. Ich werde ihn enttäuschen. Das hätte ich ihm ersparen können. Das fünfte Inserat war damals nicht das letzte Angebot. Es fiel meinem Wunsch zu.

Die Provinz war ein Zwischenspiel. Ich bin zurückgetaucht. Christian hat nichts aufgehalten. Auch mich nicht. Wir haben gemeinsam gewartet. Auf den Hauptdarsteller. Der kam nicht. Der ist Fremdenführer in Sizilien.

Der Wohnungsmarkt bedeckt eine vielversprechende Fläche. Als Studenten lasen wir zuerst die Todesanzeigen, um schneller zu sein als die Pietät. Die meisten Angebote betreffen den Landkreis. Spätes Mädchen am Waldrand. Dazu ist es noch zu früh. Ich brauche die Nähe von Kinos und Kneipen. Mit chiffrierten Anzeigen kann ich nichts anfangen. Dachgeschoß im Grünen, Altbauwohnung mit Ofenheizung, aber zentral gelegen, Appartement mit Baukostenzuschuß.
Mich interessieren Telefonnummern. Maklerangebote klammere ich aus. Die kann ich nicht leiden. Bei dieser Beschränkung bleibt nur ein Angebot übrig. Ich rahme es in gründliches Rot. Wenn ich Erfolg habe, werde ich drei Monate doppelte Miete zahlen müssen. Das kann ich mir leisten. Ich habe immer noch nicht gelernt, Geld auszugeben. Eine trockne Form von Phantasielosigkeit. Nur bei Büchern bin ich hemmungslos. Das erschwert Umzüge.
Vielleicht frage ich doch als erstes nach der Wohnung mit Ofenheizung. Wenigstens die Bücher, die ich gelesen habe, könnten alternativ wärmen. Aber brennende Bücher sind gefährlich. Man kann sie nicht löschen.

Wir saßen im Hauptquartier und rauchten Zigarren. Die hatte ich von meinem Onkel. Der drückte ein Auge zu. Auch wenn er es merkte. Bei ihm und der Tante wohnte ich eine Zeitlang. Er konnte mich gut leiden. Deshalb küßte er mich oft. Ich mochte das nicht. Dafür achtete er darauf, daß ich richtig wuchs. Er legte mir die Hand auf die Brust und versprach, daß sie größer und seine Hand immer kleiner werde. »Busen«, sagte er. Ich wollte keinen Busen.
Das Hauptquartier war unser bester Keller. Er war vollständig erhalten. Mit Regalen. Und gemütlich. Wir hatten ihn mit alten Matratzen und Zeitungen ausgelegt. Gegen die Feuchtigkeit. Er hatte auch einen Notausgang. Darüber lag ein altes Brett.
Es war verboten, in den Trümmergrundstücken zu spielen. Aber wir kannten uns gut aus. Wir lasen ein Buch. Das handelte von Mann und Frau. Hauptsächlich in Bildern. Das Buch hatte ich von meinem Onkel geliehen. Aus

seinem Schrank. Die Bilder waren fotografiert. Wir glaubten ihnen nicht. Wir prüften sie nach. Dabei gab es Streit. Einer pinkelte auf das Buch. Ich war ratlos. So ließ es sich nicht zurückstellen. Schon beim Rausnehmen hatte ich die Bücher vorsichtshalber auseinandergerückt. Damit man die Lücke nicht sieht. Wir mußten es vernichten. Am besten verbrennen. Das war nicht einfach. Ein Streichholz schaffte nur wenige Seiten. Das Buch war dick. Zerknüllt ergaben die Zeitungen einen wirren Berg. Sie waren feucht. Deshalb der Qualm. Wir hielten das nicht lange aus. Einer nach dem anderen gab auf und kroch aus dem Notausgang. Den ließen wir offen. Das gab Durchzug. Das Feuer breitete sich aus. Um die Matratzen war es nicht schade. Unsere Beutestücke und Waffen mußten wir opfern. Die Nachbarn wurden aufmerksam. Wir tauchten unter.
Ich mußte zu Hause sein, wenn die Laternen angingen. Irgend jemand hatte uns gesehen. Die Feuerwehr war alarmiert worden. Die Polizei hatte gefragt. Mein Onkel wollte alles genau wissen. Die Sache mit dem Buch ließ sich nicht verheimlichen. Er wußte es schon. Ich schädige sein Ansehen, meinte er. In meinem Alter treibe sich ein Mädchen nicht mit Jungen herum, in meinem Alter schon gar nicht. Erst recht nicht in Kellern. Und von unseren unanständigen Spielen wüßten ja nun alle. Er schäme sich vor den Leuten. Meinetwegen. So ginge das nicht weiter. Das müsse ich einsehen. Am besten sei für mich ein Internat.
Als ich dorthin reiste, besaß ich schon ein paar eigene Bücher. »Hilde die Wilde« zum Beispiel und »Susi Sausewind«. Es sind inzwischen mehr geworden. Ich werde nicht versuchen, sie zu verbrennen.

Ich beschließe, auf dem Flur zu telefonieren. Niemand wird über mich wegsteigen. Ich bin allein in meiner Wohnung. Mich wird keiner stören. Mir hört keiner zu. Vielleicht sollte ich zuerst Marie anrufen. Marie weiß, was richtig ist.
Ich hole das Telefon aus dem Bad. Mein rechter Fuß verheddert sich in der Schnur. Ein Ansatz von Charleston.

Mir ist nicht nach Tanzen. Ich plane sachlich. Die Annonce liegt nebenan auf dem Teppich. Die rote Umrandung erspart mir das Suchen, strahlt Lebenstüchtigkeit. Das Durcheinander der Schnur stört meine Zielstrebigkeit. Bevor ich wähle, will ich Ordnung. Der Mensch am anderen Ende der Leitung erwartet eine sortierte Person. Das bin ich. »Guten Tag«, werde ich sagen, »mein Mann hat mich verlassen. Hier räumt keiner mehr auf. Und das bei meiner Ordnungsliebe. Das Geschirr steht auf dem Fußboden herum, das Bett ist nicht gemacht. Sehen Sie, ich bin auf dem Weg in die Asozialität. Wo doch die Fenster geputzt werden müßten. Verstehen Sie, ich brauche dringend, am besten gleich, eine neue Wohnung. Ja, natürlich habe ich einen Beruf. Ich bin Lehrerin. Nein, nicht arbeitslos. Ich unterrichte täglich. Denken Sie, gestern zum Beispiel habe ich versucht, Kindern den Unterschied von Vögeln und Sinnlichkeit klarzumachen. Was, das finden Sie kein Thema? Selbstverständlich habe ich differenziert. Aber hören Sie, wir leben in einem aufgeklärten Zeitalter. Das halten Sie für Unsinn? Nein. Sie können beruhigt sein, die Schüler haben mich auch nicht verstanden. Vielleicht ein bißchen. Sie sehen, ich bin eine erfolgreiche Lehrperson. Sie können mir Ihre Wohnung anvertrauen. Ich tue meine Pflicht. Ja, vollkommen wirkungslos. Ob ich Kinder liebe? Das kann ich eindeutig beantworten: nein! Ich vermittle Wissen. Ja, dafür sorgt die Schulbehörde. Mit Erlassen und Verordnungen. Ja, das muß schließlich sein. Selbstverständlich. Da kann doch nicht jeder im Unterricht das machen, was ihm Spaß macht. Oder den Kindern. Nein, das geht alles nach Lehrplan. Wie es sich gehört. Der Lehrer hinter dem Pult und die Kinder davor. Keine persönlichen Beziehungen. Nein. Das stiftet Verwirrung. Persönliche Probleme stören den Lernprozeß. Das liegt nicht in meinem Interesse ...«
Irgend jemand klingelt die Überzeugung aus meinem Gespräch. Das war nicht das Telefon. Das war die Haustür. Ich muß mich entscheiden. Mein Zögern schmerzt im Rücken. Warum sitzen Schlangenbeschwörer im Schneidersitz? Ich habe das falsch gemacht. Ich sitze im Be-

schwörersitz. Deshalb die Schmerzen. Die Telefonschnur hat sich keinen Zentimeter vom Boden erhoben. Sie unterliegt meiner Ordnung. Auch der Telefonhörer bleibt unbetroffen von meiner Konzentration. Aber die Klingel habe ich in Bewegung gesetzt. Meine Beschwörerenergien sind in die falsche Leitung geflossen. Ich habe bei mir selber geklingelt. Ich muß das üben. Es klingelt zum zweitenmal. Diesmal kann ich es nicht gewesen sein. Dem widerspricht der abendländische Charakter meiner Gedanken. Die richten meine Wirbelsäule auf. Ich werde öffnen. Vielleicht ist der Bibliothekar zurück. Stolz auf den Streifen über dem Knie, da, wo die Bermudashorts die Sonne verdunkelten. Ich drücke auf den Summer. »Hier ist Liesa«, knackt es durch die Leitung. »Komm rauf«, tickere ich nach unten.

Ich setze mich auf die oberste Stufe und horche Liesas Treppenschritt entgegen. Auf dem SALVE ist sie längst herumgetreten. Das kann man hier oben nicht hören.

Liesa weiß ein Geheimnis. Sie will es lösen. Das macht sie stark. Sie trägt es bei sich, seit ihrem Studium. Damals begegnete Liesa einem jungen Mann. Der war schmalbrüstig und hatte blaue Augen. Vor denen trug er runde, kristallene Gläser. Seine Haare fielen ihm in die Stirn. Das ging Liesa ans Herz. Er war klug und wußte über alles Bescheid. Liesa war viel mit ihm zusammen. Sie lernte von ihm. So ein bißchen erinnerte er sie an ihren Vater. Obwohl der groß und stark war, und nicht so klug.

Eines Abends, als Liesa sehr lange bei dem jungen Mann auf dem hochlehnigen geraden Stuhl gesessen hatte und er ihr die neueste seiner Fragen entwickelte, wurde es sehr spät. Liesa war müde. Ihre Gedanken machten sich selbständig. Sie irrten ab von den Worten des jungen Mannes. So geschah es, daß Liesa eine eigene Frage stellte. Sie schämte sich. Liesas Frage hatte wenig mit Klugheit zu tun, sie wärmte von innen. Deshalb brach Liesa auf.

Zu Hause stieg Liesa die Treppen hinauf in dem Gefühl, in dieser Nacht mehr gelernt zu haben als in den vorhergegangenen.

Ich gehe Liesa entgegen, öffne die Tür. Etwas zu früh. Sie steht unter mir auf der Treppe des Bibliothekars. Er ist noch nicht zurück, die Post liegt noch auf der Schwelle. Liesa riecht gut. Ich freue mich, sie zu sehen. Das wundert mich. Gespräche mit Liesa sind beschwerlich.
»Das Widerlichste an dieser Stadt sind die Treppen«, sagt Liesa. »Nicht nur, daß man ständig Berge rauf und runter rennen muß. Alle Leute, die ich kenne, wohnen unter dem Dach.« Sie atmet Anstrengung. Das wirkt komisch. Liesa hat eine gute Kondition. Sie raucht nicht. »Setz dich hin«, sage ich, »ich bring dir einen Kaffee. Vielleicht rettet dich der Bibliothekar. Mit dem wollte ich dich sowieso schon immer verkuppeln.« Liesa schaut mich empört an. »Nicht so laut. Wenn er das hört, das ist ja peinlich.« »Der ist nicht da.« Mein Lachen fällt über die gebohnerten Stufen zum unteren Flur. »Komm rein.« Ich drehe mich um, spüre Liesas Unsicherheit hinter mir hersteigen, sie schließt die Tür. »Hast du das Wochenende gut verbracht?« Ich wende mich nicht um beim Sprechen. Der Satz trifft die letzten Stufen. Liesa hebt ihn auf. »Ich habe gelesen. Weißt du, mich beschäftigt noch der Vortrag vom Freitagabend. Ich wollte mal hören, wie du ihn fandest.«
Liesa zieht den Mantel aus. Sie ist ordentlich. Sie nimmt einen Bügel. Wie Christian. »Kannst du dir vorstellen, zu mir zu ziehen?« Meine Frage ist hinterhältig. Liesas Art, den Mantel aufzuhängen, würde mich umbringen. Sie dreht sich erstaunt um. Meine Frage hat sich in ihren Augen festgesetzt. Ich kann sie von da nicht zurücknehmen. »Ich habe mir gerade vorgestellt, wie wir uns streiten würden. Die Art, wie du den Mantel aufhängst, weißt du.« Auf dieser Erklärung weiche ich aus in die Küche. »Was stört dich daran?« »Christian«, sage ich, »vergiß es.« Liesa setzt sich auf die Bank. Der Tisch sichert sie ab. Sie stellt ihn zwischen uns. Ich kann sie verstehen. Sie nimmt sich in acht. Wenn ich jetzt nichts sage, wird Liesa schweigen. Ich kenne ihre Ausdauer. Sie wartet ab. Liesa kann warten. Sie gibt ständig Chancen. Ich werde wütend. Die Situation ist verdorben. Dabei hatte ich mich gefreut.
Der Kaffeefilter rutscht mir aus der Hand. »Scheiße«, sage

ich, Liesa schweigt ihre Frage in meinen Rücken. Das wird körperlich. Also werde ich antworten. »Christian hat mich verlassen.« Ich höre den Vorwurf. Es sollte nebensächlich klingen. Ich habe zuviel Kaffeepulver genommen. Liesa schweigt. Ich will ihren Schrecken genießen, drehe mich um, suche Mitleid. Nichts. Liesa wartet. Ich will sie verletzen. Ich werde ihr eine unmögliche Geschichte erzählen. Eine Geschichte von der Schlechtigkeit der Welt. Das wird ihr Auftrieb geben, dann hat sie eine Aufgabe. Die braucht sie. Deshalb ist sie Lehrerin geworden. Sie ist unbeirrbar. Ich werde ihr erzählen von meinem Vertrauen in diesen so ruhigen, so selbstsicheren Mann. Von meiner Erwartung, Frieden zu finden, Geborgenheit, von meiner Entschlossenheit, ein ordentliches Leben zu führen, mich zu verewigen in unzähligen Nachkommen. Und wie Christian dann diese ganzen Hoffnungen zunichte gemacht hat, wie er seine wollüstigen Spiele mit mir trieb, mich betrog, mich schlug, mich quälte.
Mein Erschrecken stört Liesas Schweigen auf. Derartige Phantasien sind nicht nur boshaft, sie sind interpretierbar.
»Tut es dir leid?« Liesa hat mein Gesicht zerlesen. Sie wird mir das Nein nicht glauben.
»Nein«, sage ich, »es war höchste Zeit. Bleiben wir in der Küche oder gehen wir rüber? Drüben ist allerdings noch nicht aufgeräumt.« »Ich finde es hier gemütlich«, sagt Liesa. Sie steht auf, nimmt Tassen aus dem Regal, wird häuslich. Ich räume das Tablett vom Stuhl, stelle die Milch auf den Tisch. »Nimmst du Zucker?« »Nein«, sagt Liesa. Sie lehnt sich zurück, breitet sich aus. Ich gieße den Kaffee ein. »Wie lange warst du mit Christian zusammen?« »Knapp drei Jahre.« »Ihr hättet heiraten sollen.«
Liesa hat die Welt im Griff. Ihr Blick konturiert mich. Ich fühle mich schwanger. »Und sieben liebreizende Kinder in die Welt setzen, das meinst du doch, oder?«
Liesa lächelt. Meine Mütterlichkeit steckt mir im Hals. Ich habe Schluckbeschwerden. »Nein, Liesa, die Absicht zu heiraten hatte ich nur einmal. Das ist vorbei.«
Als ich mit Jonas über die Ehe stritt, war die Rede von

sechs Kindern. Söhnen, versteht sich. Jonas wollte sich multiplizieren. Sein Traum faszinierte mich. Jonas erfand Namen. Und Geschichten. Er verteilte sich großzügig. Damals schlief er nicht mit mir, er zeugte. Um mich wiederzufinden, ging ich zu Marie. Sie nahm mich in ihre Hände. Sie versicherte mich meiner Haut. Das machte mich stärker.

»Schade«, fällt Liesa in meine Gedanken, »ich fand eure Beziehung beruhigend.« »Wieso beruhigend?« »Sie hatte etwas Selbstverständliches, weißt du. Für mich war eure Beziehung ein Beweis dafür, daß Beziehungen ohne Symbiose möglich sind. Ihr wirktet nach außen so, als ob ihr zwar sehr vertraut miteinander wäret, aber nicht abhängig. So wie ich mir eine erwachsene Beziehung vorstelle.«

»Aber das sind doch Projektionen, Liesa.«

»Das kann sein. Aber ich gebe diese Vorstellung ungern auf. Ich denke immer, daß solche Beziehungen möglich sein müßten, auch wenn ich selbst das nicht kann. Und eure Beziehung habe ich so gesehen.«

»Schön wär's. Ich glaube, Abhängigkeit gibt es in jeder Beziehung, nur werden mit der Zeit die Techniken, sie zu verschleiern, raffinierter. Mir ist in den letzten Tagen eine Menge klar geworden. Unter anderem auch meine Abhängigkeit von Christian. Ich habe ihn in der ganzen Zeit gezwungen, eine Rolle zu spielen, die sicherlich nicht seine ist.«

Liesas Blick hängt an mir mit der Aufmerksamkeit einer Schülerin, spielt Gegenargumente. Liesa wird sich ihre Bilder nicht so ohne weiteres nehmen lassen. Ihre Kindlichkeit macht sie widerstandsfähig.

»Das kannst du doch aber ändern, wenn es dir klar ist.«

Liesa kommt zum Zug. Die Welt läßt sich verbessern. Das ist ihr Anspruch. Ich soll es beweisen. Sie gibt nicht auf.

»Ich liebe Christian nicht, Liesa. Die Beziehung hat sich so ergeben. Mehr oder weniger zufällig. Das war nie aufregend. Wahrscheinlich war es gerade das. Ich hatte Angst vor Intensität.«

»Und jetzt nicht mehr?« Liesa wirkt ungeheuer groß in ihrer Ecke. Sie füllt sie aus. Der Tisch zwischen uns schützt mich nicht. Ich sollte ihr den Mund zuhalten, zustopfen mit Myrten und Vergißmeinnicht. Sie will mich verkuppeln, damit für sie alles seine Ordnung hat. Sie will, daß ich ihr Leben lebe. Soll sie sich doch selbst im trauten Heim glücklich machen. Mit der Fadheit selbstgestrickter Strümpfe. Mir wird schlecht. Der Kaffee schmeckt nach Seife. Ich möchte baden, allein sein, untertauchen. Ich kann mich nicht abfinden. Ich bin so wild nach deinem Erdbeermund . . .

Liesa legt eine Hand auf meinen Arm. »Ist es das? Deine Angst vor Intensität?«

»Nein«, sage ich, »die Angst vor ihrem Verlust.«

Liesa steht auf, setzt sich mir gegenüber auf die Tischkante, nimmt mein Gesicht in die Hände. Ganz ruhig. Voller Freundlichkeit. Das löst Tränen. Ich schütte sie aus ohne Schluchzen. Liesas Hände streicheln behutsam. Sie übernimmt mich mit ihren Lippen, mein Gesicht, meine Haut. Liesas Arme halten mich fest. Mit dem Kopf in ihrem Schoß bin ich ein Kind. Ich gebe mich hin, falle in mein Gefühl. Ich bin sicher, schamlos.

»Hast du ein Lieblingsmärchen?« fragt Liesa. »Ich möchte es dir erzählen.«

»Die kluge Else«, antworte ich, »das kannst du bestimmt nicht leiden.«

»Das ist nicht wichtig«, sagt Liesa, »es ist dein Märchen und du kannst damit etwas anfangen, darauf kommt es an.«

»Es war einmal ein Mann, der hatte eine Tochter. Die war klug. Deshalb nannten alle sie die kluge Else. Als sie alt genug war, sollte sie heiraten. Eines Tages kam einer aus einer fremden Stadt, der hieß Hans und suchte eine Frau. Als er von der Else hörte, hielt er um ihre Hand an, denn seine Frau sollte recht gescheit sein. Der Vater lud den Hans zum Essen, aber als sie bei Tisch saßen, fehlte das Bier. Die Mutter schickte die Else in den Keller. Die nahm den Krug, ging in den Keller, holte sich einen Stuhl vors Faß, damit sie sich nicht zu bücken brauchte. Sie stellte den Krug vor sich hin und öffnete den Hahn. Während das Bier in den Krug lief, blickte sie sich um und sah, daß direkt über ihrem Kopf eine Kreuzhacke in der Decke steckte. Da fing die kluge Else zu weinen an und sagte: ›Wenn ich den Hans heirate und wir kriegen ein Kind und wir schicken das Kind in den Keller zum Bierholen, dann fällt ihm die Kreuzhacke auf den Kopf und schlägt es tot.‹ Bei diesem Gedanken erhob sie ein jämmerliches Geschrei und konnte sich über das zukünftige Unglück nicht beruhigen.«

Liesas Wärme hüllt mich ein, ihre Stimme erzählt aus dem Körper, über ihren Bauch dringt sie in mich ein, in meinen Kopf, den ihre Hände schützend umschließen. Liesa erzählt mir ein Märchen. Mein Märchen. Diesen Augenblick möchte ich festhalten. Wenn ich aus dieser Wärme auftauche, werde ich mehr über mich wissen. Davor habe ich Angst.

»Als die Eltern und der Hans lange genug gewartet hatten, schickte der Vater die Magd in den Keller. Sie sollte nachsehen, warum die Else nicht wiederkäme.
Die Magd stieg hinab, fand da die Else erbärmlich weinen und fragte sie nach dem Grund. ›Ach‹, sagte die Else, ›wenn ich den Hans heirate und wir kriegen ein Kind, und es soll Bier zapfen, dann fällt ihm vielleicht die Kreuzhacke auf den Kopf und schlägt es tot.‹ ›Ja‹, sagte die Magd, ›was haben wir für eine kluge Else‹, setzte sich daneben und weinte mit.
Weil nun die Magd nicht wiederkam, schickte der Vater den Knecht in den Keller. Else erzählte auch ihm ihren Kummer und der Knecht sagte: ›Ach, was haben wir für eine kluge Else‹, setzte sich daneben und weinte mit. Dann schickte der Mann die Frau, schließlich ging er selbst. Und alle saßen sie vor dem Faß und weinten wegen des zukünftigen Unglücks.
Da blieb dem Hans nichts anderes als selbst nachzusehen, was der Grund wäre, der alle dort unten festhielt. Und Else erzählte ihm das Unglück. ›Nun‹, sprach der Hans, ›weil du so eine kluge Else bist, will ich dich heiraten.‹ Und sie machten Hochzeit.
Nach einiger Zeit schickte der Hans seine Frau aufs Feld.

Sie kochte sich einen guten Brei und nahm ihn mit. Als sie auf dem Feld angekommen war, fragte sie sich: ›Schneid ich erst oder eß ich erst?‹ Sie entschloß sich zu essen. Dann fragte sie sich: ›Schneid ich erst oder schlaf ich erst?‹ Denn sie war sehr satt. Also schlief sie.
Zu Hause wartete der Hans auf seine Else und war stolz, eine so fleißige Frau zu haben, die nicht einmal zum Essen nach Hause kam. Da wurde es Abend. Der Hans machte sich Sorgen und ging aufs Feld. Da sah er, daß die Else schlief und nicht einen einzigen Halm geschnitten hatte. Er lief zurück, holte ein Netz mit kleinen Schellen und warf es über die schlafende Else. Endlich, es war schon ganz dunkel, erwachte sie. Als sie aufstand, klingelten die Schellen um sie herum. Da erschrak sie und wurde ganz durcheinander, bis sie schließlich nicht mehr wußte, ob sie die Else sei oder nicht. ›Bin ich's, oder bin ich's nicht?‹ fragte sie sich immer wieder. Doch sie wußte keine Antwort. Da beschloß sie, nach Hause zu laufen und den Hans zu fragen. Sie lief zur Haustür, klopfte und rief: ›Hans, ist die Else zu Hause?‹ ›Ja‹, sagte der, ›die Else ist hier bei mir!‹ Da bekam sie einen großen Schrecken und rief: ›Ach Gott, dann bin ich's nicht.‹ Sie lief fort und niemand hat sie je wiedergesehen.«

Ich hebe mein Gesicht aus Liesas Schoß. Sie lächelt mein Lächeln zurück. »Das bin ich«, sage ich, »aber ich werde nicht weglaufen.«
»Du mußt dich entscheiden«, sagt Liesa.
»Ich habe Angst vor der Mitte.«
»Hast du es jemals versucht?«
»Ich hatte keine Gelegenheit. Da war Jonas. Er war ein Dinosaurier. Da blieb kein Platz für mich. Ich lebte von seinen Geschichten, ständig in der Angst, ihn zu verlieren. Er verbrauchte meine Selbstaufgabe. Die setzte ihn frei. Ich wurde immer unselbständiger. Dann hat er mich verlassen. Mir fiel nichts mehr ein. Ich wußte nicht, wie ich mein Leben ohne seine Phantasie leben sollte. Ich hatte das verlernt. Die Zeit mit ihm war intensiv. Aber diese Intensität war geborgt, geliehen, verstehst du? Ich bin dabei nicht weitergekommen. Dann ging Jonas nach

Palermo. Als Fremdenführer. Einer seiner spontanen Entschlüsse. Seitdem habe ich gewartet. Er sitzt noch in mir drin. Als ich Christian traf, wollte ich alles anders machen. Ich dachte, ich könnte mich arrangieren. Inzwischen hatte ich ja auch einen Beruf. Ich wollte Christians Vernunft. Das gleiche Spiel. Schon wieder lieh ich mir was aus. Und mit Jonas im Bauch konnte ich mich auf Christian nicht ernsthaft einlassen. Dazu kam noch diese blöde Wohnung. Ich habe hier nämlich schon einmal gewohnt. Als ich studierte. Mit Jonas und Marie. Zufällig wurde die Wohnung gerade wieder angeboten, als ich nach dem Referendariat hier eine suchte. Ich hätte sie nicht nehmen dürfen. Das hat alles verändert, mich aufgehalten. Jonas ist in diesen Wänden ständig präsent. Damit mußte Christian leben. Ich wollte das nicht wahrhaben. Und doch war Jonas meine eigentliche Geschichte. Die Geschichte, die mich anging. Die ich aufhob. Mit dieser Geschichte und mit Christian wollte ich leben. Das ist unmöglich. Deshalb ist es richtig, daß Christian gegangen ist. Auch wenn es mir leid tut.«
Liesa hört zu. Ein bißchen fremd. Die Distanz zwischen uns läßt Platz für Sätze. »Als du kamst, wollte ich gerade wegen einer neuen Wohnung telefonieren. Ich glaube, das ist der erste Schritt, um aus diesem Durcheinander herauszukommen. Hier werde ich krank, zumal mir allmählich bewußt wird, wie verfahren meine Situation insgesamt ist. In der Schule komme ich auch nicht mehr zurecht.«
Liesa steht auf. »Komm«, sagt sie, »ruf an. Dann fahren wir zusammen, die Wohnung ansehen.« Die Hand auf meiner Schulter ist initiativ. Das verwirrt mich.
Liesa räumt das Geschirr vom Tisch. Sie packt zu, setzt mich in Bewegung. Ich gehe auf den Flur, trage das Telefon auf die Kommode, wähle.
»Schneider«, sagt eine Männerstimme am anderen Ende. Ein Mann mit Hosenträgern. Ja, die Wohnung sei noch frei, denn an Studenten wolle er nicht vermieten. Es habe allerdings nur Zweck vorbeizukommen, wenn ich ein längerfristiges Mietsverhältnis beabsichtige. Ich verrate ihm die Dauer meiner Zukunft, spiele mein Etabliertsein aus, fürchte in ihm den Vater meiner Schüler. Alleinste-

hend und feste Anstellung sei ihm angenehm. Heutzutage wisse man ja nie. Die Wohnung sei frisch renoviert. Ich frage nach der Adresse. Eine Gegend mit Balkon. Wann es denn recht sei, will ich wissen. Am späten Nachmittag, das Telefon stehe nicht still, je eher die Sache entschieden sei, desto besser, er wolle seine Ruhe haben, das sei ja schrecklich. »Gut«, verspreche ich, »dann komme ich zwischen fünf und sechs vorbei.« Ich bin seine Kandidatin. Fest und gediegen drücke ich auf die Gabel, lasse es tuten.

Liesa hat das Gespräch verfolgt. Sie steht nützlich in der Küchentür, ein Geschirrtuch in der Hand. »Mir scheint, du hast dich gut verkauft.« Das klingt anerkennend, mein Mund verspannt sich.

»Du kannst ihn ja mal fragen, ob seine Frau ihm auch den richtigen Kuchen gebacken hat oder welchen Rasenmäher er bevorzugt.« Ich halte Liesa den Hörer hin. Sie winkt ab. »Sei nicht so überheblich, schließlich wolltest du doch was von ihm.«

»Nein, Studenten nehmen wir nicht so gerne«, zitiere ich Unausgesprochenes, »alleinstehende Damen nutzen die Wohnung nicht so ab, besonders wenn sie älter sind.« Liesa knäult meinen Sarkasmus ins Handtuch. »Laß das Tuch ganz«, sage ich, »im Kühlschrank steht Cognac.«

Ich gehe in mein Zimmer. Das Bett hat seine Lust verloren, ich räume es in die Kiste, schließe das Fenster. Die Hosenträgerstimme steht zwischen mir, drängt mir Gedanken über meine Kleidung auf, läßt mich das angenehme Gefühl des Teppichs an den nackten Füßen vermissen. Ich spüre mich nicht, gehe neben mir, beobachte mein Mietergesicht, meine Mieterallüren. Die Fenster müßten tatsächlich geputzt werden.

Liesa bringt die Flasche. Sie stellt die Gläser auf den Schreibtisch, greift nach einem Buch, blättert, liest sich fest.

Mir fällt Beardsleys Isolde ein, groß, schmal, neutral.

»Was machst du mit Villon?« fragt Liesa.

»Aufklärungsunterricht.«

»Was?«

»Sexualkunde. Hat Andreas jedenfalls behauptet.«

Liesa klappt meine Ironie zwischen die Buchdeckel. »In welcher Klasse?«
»In meiner eigenen. Das ist gar nicht so einfach.«
»Seit wann?«
Ich ziehe eine Schallplatte nach der anderen aus dem Regal, kann mich nicht entscheiden, also Barock. »Liebe Frau Kollegin«, skandiere ich mit dem Cembalo, »es handelt sich um den genialen Versuch, die Wahrnehmung einer 10. Klasse in bezug auf verschiedene Sprachebenen zu schärfen und sie gleichzeitig für die dahinterstehenden Werte zu sensibilisieren. Ich nehme an, mit Recht sagen zu können, das ist mir gründlich mißlungen.«
»Mit Villon?«
»Ja, mit Villon. Wobei mir allmählich klar wird, daß der Fehler nicht unbedingt bei der falschen Auswahl des Textes liegt, sondern bei mir. Die Textwahl ist nur die Folge. Ich habe meine eigenen Gefühle und Bedürfnisse in den Unterricht eingebracht. Da liegt der Fehler. Mir gefällt das Gedicht. Mir gefällt es, weil es mir im Augenblick entspricht. Das darf nicht passieren. Distanzverlust, nennt man das wohl. Und dann stehst du in der Klasse und veröffentlichst dich, reagierst emotional. Denn das Ganze ist doch bloß der hilflose Versuch, dich mitzuteilen, dich zu erkennen zu geben. Aber die Schüler interessieren sich nicht für dich. Du kommst ihnen damit zu dicht. Du sollst hinter deinem Pult bleiben, du mit deinen Gefühlen.«
Liesa neigt ihren Kopf meinen Wörtern entgegen, läßt mir Zeit, ich spüre den Teppich, atme auf.
»Ich glaube, du überforderst die Schüler. Was weißt du denn von ihnen? Interessieren dich denn ihre Gefühle? Ich meine über den Aspekt des reibungslosen Unterrichts hinaus? Warum z. B. ein Schüler aggressiv ist oder unaufmerksam? Als Lehrer nehme ich das doch nur wahr, weil es die Disziplin stört oder die Eitelkeit kränkt, erst recht, wenn man sich intensiv vorbereitet hat.«
»Das ist mir klar, Liesa. Ich habe mich ja auch bewußt auf diese Rolle eingelassen. Ich dachte, mit zunehmender Routine verlöre sich das Problem. Aber bei mir läuft das anders. Ich halte die Rolle nicht durch. Meine Einstellung zum Unterricht hat sich verändert. Ich finde das, was ich

vermitteln soll,nicht mehr wichtig. Ich habe Schwierigkeiten, Kinder zu unterrichten, die kein Sensorium haben für andere, nicht einmal für sich selbst, die nicht lachen können ohne Häme, jedenfalls nicht in der Schule. Ich frage mich, wozu das gut sein soll, Kinder zu solchen Ungeheuern zu deformieren. Am schlimmsten finde ich, daß ich selbst diesem Mechanismus aufsitze. Ich fühle mich hinter meinem Pult wie ein Monstrum. Diese ewige verlogene Ausgeglichenheit, dieses Verstecken der eigenen Person, diese Reduktion auf eine sinnlose Rolle. Ich bin ein lebendiges Wesen, mit Gefühlen, mit Stärken und Schwächen, mit Vorlieben und Abneigungen. Was sollen Kinder denn von mir lernen, wenn ich ihnen tagtäglich vorspiele, wie überlegen ich bin, wie untangierbar. Sie spüren doch auch, daß ich sie nur ertrage.«

Mein Selbstmitleid überrollt mich, erdrückt meine Lüge. Das bin ich nicht, will ich nicht sein. Die Technik der Selbstanklage versagt. Prallt ab. Auch von Liesa. Mein Entwurf ist zu einfach. Da ist Gregor. Ihn habe ich verletzt. Absichtlich. In seinen Gefühlen. Er hat sich verletzen lassen. Wir haben beide die Rolle nicht durchgehalten.

»Wozu brauchst du diese Form der Selbstdarstellung?« fragt Liesa in meine Hoffnung.

»Das ist mein Stück kluge Else.«

»Bist du's oder bist du's nicht?«

»Ich bin's, Liesa, und zwar immer dann, wenn es um Nähe geht. Ich habe Angst vor meinem eigenen Zugriff und dem der Kinder. Aber ich will ihn, das macht es so schwierig. Es gibt ein Muster. Nimm meine Beziehung zu Jonas. Dabei habe ich mich aufgegeben. Das mußte ihm Angst machen, ihn in die Enge treiben. Und dann mein Ehrgeiz in der Ausbildung. Meine wütende Entschlossenheit beliebt zu sein, wichtig zu werden. Mit meinem Versetzungsantrag wollte ich beweisen, daß ich eine Lücke hinterlasse, daß ich gebraucht werde. Ich wollte Verlustangst erzeugen. Aber es hat nichts geholfen. Ich bin zum Ausgangspunkt zurückgekehrt. Nur wenig verändert. Ein bißchen vielleicht. Hier traf ich auf Christian. Das bin ich auch. Jemand, der sich vorenthält aus Angst, erneut an der Nähe zu scheitern, der dem anderen die fehlende Nähe zum Vorwurf macht und, indem er ihn verletzt und quält, diese Nähe konsequent verhindert.« Ich gehe zum Schreibtisch, schenke mir einen Cognac ein. »Du auch?« frage ich Liesa. Sie hat sich zurückgezogen. Das Glas, das sie über den Schreibtisch schiebt, hat wenig mit mir zu tun.

»Ich fühle mich nicht wohl, wenn du so über dich redest«, sagt Liesa, »das ist mir zu fertig. Meinst du dich wirklich?«

»Es entspricht meinem Gefühl. Ein Entwurf, der in dem Augenblick nicht mehr stimmt, indem ich ihn beschreibe. Vielleicht mache ich meine Gefühle auch am falschen Punkt fest. Es bleibt immer eine Diskrepanz. Ich bin in allem was ich tue mein eigenes Gegenteil. Das verunsichert mich, macht mich handlungsunfähig. Meine Realität kommt dem entgegen, hält den Widerspruch in der Balance. Das enthebt mich der Anstrengung, mich zu verändern.« Ich fühle mich alt. Das kann Lisa mir nicht ersparen. Sie schweigt sich mir zu. Meine Hand auf ihrem Arm greift Verbindung. Die löst meine Verzögerungen.

»Komm, Liesa, laß uns gehen«, sage ich. »Bevor wir dem Herrn beim Rasenmähen helfen, brauche ich Bewegung.« Ich schalte den Plattenspieler aus, nehme die Gläser, trage sie in die Küche. Es soll alles seine Ordnung haben.

Liesa zieht den Mantel an. Sie schaut in den Spiegel, fährt sich über die Haare. Liesa ist schön. Unsere Augen begegnen sich. Da ist Zärtlichkeit, von der ich nicht weiß, ob sie mir gilt. Liesa schließt ihre Handtasche. »Fertig«, sagt sie, »ziehst du nichts an?« Liesa verwirrt mich. Im Vorbeigehen greife ich meine Jacke. Draußen werde ich meine Sicherheit wiederfinden. Die Sonntagnachmittage in einer Kleinstadt verfehlen nie ihre Wirkung. Liesa geht dicht hinter mir. Sie schließt die Tür. Der Bibliothekar ist noch nicht zurück. Warum sollte er auch.

Unten im Treppenhaus höre ich Schritte. Was, wenn es Gregor wäre. »Guten Tag«, würde ich sagen und auf dem Treppenabsatz warten. »Ich wollte zu Ihnen.« »Schade, Gregor, ich habe eine Verabredung mit einem Rasenmäher. Aber vielleicht hast du Lust mitzukommen.« »Ich

möchte mit Ihnen reden«, würde Gregor sagen und dann sein herausforderndes Lächeln aufsetzen.
»Du kannst mich begleiten, der Weg ist weit genug, wir werden Zeit haben.«
»Nein«, würde Gregor sagen, »ich möchte hier mit Ihnen reden.« »Ich wohne hier nicht mehr«, würde ich antworten.
Wir würden zusammen dieses Haus verlassen, nicht Liesa würde mich begleiten, sondern Gregor. Unsere Sprachlosigkeit würde die Staketen der Vorgärten abklappern, seine Entschuldigung, seine guten Vorsätze, sein Entgegenkommen würde mich zunehmend wütender machen. Mitten auf der Straße würde ich stehen bleiben und ihm seine Kompromisse ins Gesicht schreien. Ich würde seinen fast geglückten Versuch, erwachsen zu werden, mit Gewalt verhindern. Das ist nicht mein Spiel. Nie wieder. Ich kann mich lieben lassen, Andreas, aber nicht so. Gregor jedenfalls hatte bis jetzt keine andere Möglichkeit.
Liesa berührt meinen Rücken. »Hörst du mir eigentlich zu?«
»Nein.« Ich würde jetzt gern das Treppengeländer hinunterrutschen. Als Kind konnte ich das gut. Seit dem Tod meines Großvaters habe ich es nicht mehr versucht. Auf ihn konnte ich mich verlassen. Auch im Traum fing er mich auf.
Vor meinen Füßen liegt das SALVE. Es steht auf dem Kopf. Ich zögere mit dem Drauftreten. Man sollte es umdrehen.
Ich warte auf Liesa. Das verändert die Buchstaben unter meinen Füßen nicht. Liesa hakt sich bei mir ein. Wir halten uns an die Vorschriften. Betteln und hausieren würden zu Liesa auch nicht passen. Gleichzeitig greifen wir zur Klinke. Liesa öffnet. Das SALVE klebt an meinen Sohlen. Ich streife sie über den Abtreter. Hinter mir fällt die Tür ins Schloß. Wahrscheinlich habe ich meinen Schlüssel vergessen.